Stig Granfors

VARNINGEN

Roman

ISBN: 978-952-339-667-8

Förlag: BoD - Books on Demand,
Helsingfors, Finland
Tryck: BoD - Books on Demand,
Norderstedt, Tyskland

*Den osynliga världen har följt
människan ända sedan
tidernas begynnelse.*

1

Varde ljus. Och det varde ljus. Ljuset var bländande vitt. Som en plötslig explosion, det vita täckte allt runt omkring mig. Det var en väldig manifestation av energi. Sedan såg jag den magra, seniga armen sträcka sig mot mig. Gesten fyllde mig med skräck. Och jag hörde ett panikartat skrik. Fyllt av ångest. Ljudet trängde genom märg och ben. Jag stod som paralyserad och kunde inte röra mig. En lång stund senare förstod jag att det var jag som skrek.

Det var min första närkontakt.

Många säger sig ha haft personlig kontakt med intelligenta, utommänskliga varelser. Men vilka är varelserna och var kommer de ifrån? Finns det troll eller demoner – eller besökare från andra planeter? Vissa varelser påstår sig ha goda avsikter, andra är uppenbart onda. Det pinsamma är att vi människor står hjälplösa inför dessa kontakter. Vi förstår dem inte eller så tolkar vi dem fel.

Jag vet att mötena är verkliga. I mitt fall finns det vittnen och fysiska följdeffekter som är svåra att bortse ifrån. Ändå tvivlar många. Också personer i min närmaste krets. Jag har ibland i svaga stunder egna betänkligheter. Är det så att främlingarna faktiskt finns här eller skapar det mänskliga sinnet något som otroligt nog är nära en fysisk verklighet?

Vad det än är, så är det något som vetenskapen för närvarande inte förstår. Människan har svårt att acceptera det som hjärnan inte förmår processera. Men det lämnar de som drabbas av kontakterna hjälplösa och utlämnade till de främmande varelsernas godtycke.

Eller är allt sist och slutligen bara ett fragment av min livliga fantasi? Kan vi människor med själva tanken frammana dessa monster? För de är alla monster. Detta har jag insett nu efter långa tider av djup begrundan. Jag tror inte ens att vi i döden undgår dessa möten. Kanske blir de ännu starkare då och mera ödesmättade.

Det finns så mycket vi människor inte förstår. Vi vet inte hur livet har uppstått på denna jord. Trots all vår intelligens vet vi inte ens hur människan har utvecklats. Varifrån kommer vi? Varför är vi intelligenta? Hjärnans uppbyggnad och funktioner är för oss ett mysterium.

Dessutom vet vi förvånansvärt litet om vår omgivning. Vi har trots omfattande forskningsexpeditioner ännu utforskat bara en liten del av vår planet och vårt universum. Det enda vi vet är att vår planet är ett litet sandkorn i den yttersta delen av det synliga universum. Vi har mycket bristfälliga kunskaper om den natur vi lever i och vägrar envist erkänna att vi är beroende av den. Varför är det så?

Och om det finns andra dimensioner ser vi inte dem heller. Kommer varelserna från en annan dimension? Det är möjligt även om de huvudsakligen påstår att de kommer från andra planeter och solsystem. Men det kan vara lögn liksom allt annat de säger. Kanske säger de så, eftersom det är lättare för oss att förstå.

Och här ligger det verkligt svåra. Att veta vad som är sanning och vad som är lögn. Den verklighet jag ser har ibland i mina mörkaste stunder upplösts i intet. Allt jag har gjort, känt och tänkt har då verkat meningslöst. Men jag ger inte upp. Det är det viktigaste! Ge aldrig upp! En dag kommer vi att förstå alltsammans. Den dag vi löser livets mysterium. För det kommer att ske, det är jag övertygad om. Och då kommer också monstren att försvinna. Eller förvandlas till något vi förstår.

Men till dess kommer varelserna att plåga mig och många andra. Monstren vet att det okända skrämmer oss. De utnyttjar vår okunskap och leker med den. Och vi låter det ske. Som lydiga offerlamm förs vi till slakten. Det ligger i människans natur.

Varelserna säger att de kommer med en varning. Vad angår det mig? Jag är bara en olycklig bricka i ett elakt spel. Ingen vettig person tror ändå på varelsernas existens. Så varför ska jag bry mig om varningar? De är bara en produkt av min fantasi. Samma gamla lögner.

Men varelserna är envisa. De säger att vi har ett arv att förvalta. Nej, de betonar alldeles särskilt att jag har ett ansvar för det som kommer att ske. Det låter så komiskt. Jag? Ett personligt ansvar. De påstår att snart har vi ingenting. Ingenting? Ett befängt påstående.

Det är lögn.

Jag utestänger allt.

Men de tvingar mig att lyssna.

Nej, jag vägrar.

Det är bara lögner.

Samma gamla lögner.

2

Kontakter med ickemänskliga varelser är ingenting nytt. De har en historia som är lika gammal som människans existens på denna planet. Människan och hennes värld har alltid plågats av okända makter och varelser. Vår hemsökta planet bjuder på mystiska sanningar om jorden, uppgifter om att avancerade civilisationer existerade tusentals år före stenåldersmänniskan, uppgifter om de konstiga "Männen i svart" som dyker upp i de mest oförklarliga situationer, människor som försvinner och dyker upp igen på en annan plats i världen, fartyg som driver omkring på havet – oskadda men utan passagerare eller besättning. Och ute i rymden cirkulerar mystiska föremål av okänd härkomst.

Människans förflutna är fylld av otrevliga incidenter, som ingen förstår. Och till de svåraste hör mötena med främmande varelser. Dylika möten har som sagt förekommit länge. Vad som är nytt under vår moderna tid är att mötena har börjat få en intensitet som mänskligheten aldrig förut upplevt. Och det som då händer är förfärande. Det är både verkligt och overkligt på samma gång.

Jag har aldrig tidigare berättat om mina kontakter. De som berättar dylika historier utses för mycket hån. Men att håna dem är lika elakt som att skratta åt våldtäktsoffer. Samhället vänder sig ifrån dem. Professionella sanningssägare blir plötsligt och högljutt fördomsfulla på grund av sin egen dolda rädsla. Och det är detta det handlar om. Rädsla. En djup och tärande rädsla, som förhindrar all förnuftig diskussion i frågan.

För mig skedde den första kontakten oväntat. Jag visste inte vad som hände mig. Min första reaktion var att förtränga allt. Det som man inte erkänner har inte hänt. Eller hur? Det är en normal människas reaktion inför det okända. Men hjärnan lyckades inte förtränga minnena länge. Till slut tvingades jag inse att det som jag först trodde var mardrömmar var något helt annat. De var mera konkreta än så.

I stället för att förtränga minnena mötte jag det okända med öppen nyfikenhet. Och det blev en vändpunkt i mitt liv. Jag blev igen den harmoniska varelse jag tidigare varit. Rädslan försvann, ja kanske inte helt och hållet. Men jag behärskade den. Och då inträffade något egendomligt. Det okända förändrades. Ur mörkret blinkade den mystiska närvaron av ett mänskligt medvetande tillbaka och jag tog ett litet steg mot förståelse.

Människor som drabbas av närkontakter berättar om små uppenbart intelligenta varelser med stora ögon, som tycks blicka ner i människans innersta. De verkar försöka förstå oss lika mycket som vi vill förstå dem. Ögonen ber om något, kanske till och med kräver något. Något mer än vanlig kunskap. Det är inte fråga om ett rakt och öppet utbyte av information. Nej, allt verkar ligga på ett djupare plan. Varelserna söker efter något inne i vår själ, den fysiska kroppen intresserar dem inte. Allt sker på ett mentalt plan.

Vad det är vet jag inte. Det finns så mycket jag inte förstår. Men jag vägrar vara en bricka i varelsernas spel. Jag har tränat mig att använda varelserna egna metoder mot dem. Det lyckas inte alla gånger. Men de gånger det lyckas blir de så förvånade och perplexa att kontakten bryts. De lämnar mig ifred.

Och det är det jag helst vill nu. Att de ska lämna mig i fred. Men det betyder bara att de ger sig på andra offer. Och dessa medmänniskor försöker jag nu hjälpa. Med varierande framgång måste jag erkänna. Allt beror nämligen på offret. Den som drabbas av en närkontakt måste kämpa emot på ett icke fysiskt plan och det är inte lätt. Men man kan lära sig, träna upp sin mentala förmåga att motstå framtida kontakter genom att göra mötena verkningslösa. Om varelserna inte genast uppnår sitt syfte lämnar de vanligen offret i fred.

Mina metoder lyckas inte alltid men jag blir bättre och bättre. Stärkt av mina framgångar har jag utsett mig själv till något av en hjälte. Men när självgodheten är som störst blir fallet så mycket större.

Medan håriga, grymtande grottmänniskor arbetade med att upptäcka hur man gör upp eld och uppfann hjulet, fanns det redan på denna planet en högtstående civilisation av intelligenta varelser. De byggde massiva städer och monument av sten. Många sådana otroliga byggnadsverk finns kvar på vår jord. Hur de lyckades flytta de flera ton tunga stenarna är en gåta. Men metodiskt byggde de dylika bosättningar över hela vår planet av någon anledning, som fortfarande är ett stort mysterium för oss.

Sedan försvann de.

Varför?

Vart?

Ingen vet.

Men vi vet att grottmänniskorna ärvde planeten. De ansåg att de gamla städerna fyllda av oförklarliga stenmonument var heliga platser. Under århundradenas gång kom grottmänniskorna att upptäcka andra livsformer. Livsformer som verkade ha makten att bli osynliga och behärska livet och döden. De hittade på namn åt dem. De dyrkade dem. För eftervärlden berättade de om denna osynliga värld i myter och legender.

Med tiden uppstod nya myter. Jordens ursprungliga invånare, de som byggde dessa stora städer, glömdes bort. Men då människan spred sig över jorden återupptäcktes spåren. Den vetenskap som människan hade utvecklat passade inte in i denna nya historia. Hade våra förfäder byggt städerna? Varför hade i så fall den kunskapen glömts bort? Eller stod utomjordiska varelser för de massiva monumenten? Varför hade de i så fall försvunnit? Eller fanns de kvar, endast gömda för det mänskliga ögat?

Resultatet blev att jorden har två historiska versioner. Historien som den lärs ut i skolor och universitet och den verkliga men åsidosatta historien om ett mycket gammalt folk och om märkliga krafter som är dolda för oss men som fortfarande med stort intresse följer människornas åtaganden.

För tiotusen år sedan, långt före människans första civilisationer, kartlade denna okända civilisation jordens alla hörn. Dessa kartor kopierades och gick i arv från en tid till en annan och glömdes emellanåt bort för att igen upptäckas. De mest kända kartorna är Piri Reis kartor från 1500-talet och dessa uppvisar detaljerade och noggranna uppgifter om hur jorden såg ut före den senaste istiden. På kartorna finns utritade områden, som numera är täckta av is, men vars konturer har kartlagts med moderna instrument och som uppvisar en påfallande likhet med de gamla kartorna. Det finns inga tecken på att människor någonsin har bott på dessa områden. Ändå har någon kartlagt områdena i detalj. Före vår senaste istid.

Upptäckten av kartorna ledde till en ny diskussion om hur gammal mänskligheten egentligen är. Men vetenskapsmännen kan inte enas om någonting gällande människans förhistoria. Varje år framläggs nya rön och teorier som kullkastar de tidigare. Vissa påstår att den nuvarande människoarten uppstod för mer än tio miljoner år sedan. Andra, som är mera försiktiga, gissar på en halv miljon år medan andra håller sig till en betydligt kortare tidsperiod på trettiotusen till sjuttiotusen år.

I grund och botten är dock allt bara teorier framkastade på lösa grunder utan tillstymmelse till bevis. Vi vet inte heller hur den första människan föddes eller varför. Lika litet vet vi om livets uppkomst överhuvudtaget. Vi känner till livets alla små byggstenar men vi vet inte hur dessa samverkar för att åstadkomma en tänkande intelligent varelse, det vill säga människan.

Och vad ska vi göra med all denna intelligens?

Vad är vår egentliga uppgift?

Varför finns vi till?

Varför?

Många märkliga inristningar i grottor och på bergsväggar visar förbryllande spår av bortglömda civilisationer. För fyrtiosjutusen år sedan inristade någon en bild av cylinderformade objekt uppe i skyn med konstiga varelser stående på dem. Arkeologerna kunde datera dem men inte förklara dem.

I Central-Asien finns lite yngre inristningar av en man, som är utrustad med en hjälm av den typ som dagens astronauter använder. På ryggen bär han en mekanisk manick av något slag. Likadana inristningar och statyer har hittats i Sydamerika, i Japan och i Saharas öken. Vissa av dessa bilder föreställer jättar med runda huvuden svävande ovanför jägare. Andra avbil-

11

dar konstiga djur och människor jagande något som påminner om dinosaurier. Bilderna är utan tvekan försök att beskriva ovanliga och viktiga händelser, men idag är de öppna för alla sorts tolkningar, den ena gissningen vildare än den andra.

I Frankrike finns grottmålningar, som visar djur av såväl vanlig som ovanlig art men de innehåller också bilder av ovala och runda, flygande föremål. Vissa farkoster har uppenbarligen landat, eftersom de står förankrade på tre ben med stegar, som räcker ner till marken. De påminner mycket om de flygande tefat som observerats i modern tid.

Gamla skrifter från Kina berättar också om flygande farkoster och mystiska ljus på himlen. I Kina ansågs de vara drakar, som flög samma rutter från år till år, sekel efter sekel. I indiska texter nämns vimanas, flygande farkoster, som var i vanligt bruk för flera tusen år sedan. Dessa flög mycket tyst och långa sträckor. De kunde också göra sig osynliga.

På samma sätt betedde sig det flygande föremål som en gång svävade över mitt olivträd. Det såg ut som om ett hologram hade projicerats ovanför trädet. Men det var verkligt, jag noterade dess närvaro. Och jag hörde det lågt surrande ljudet. Farkosten vibrerade länge och väl. Efter en stund försvann den med hög hastighet över apelsinodlingarna på andra sidan vägen för att i nästa ögonblick försvinna helt ur min och mina grannars åsyn.

Liknande rapporter finns i en mångfald ända från människans tidiga historia till nutid. Ingen har dock lyckats förklara fenomenet. Inga seriösa vetenskapsmän tar sig an frågan, eftersom den verkar omöjlig att lösa ens med dagens moderna metoder. Vi står lika förvånade som våra förfäder stod för tusentals eller kanske miljontals år sedan.

Jag tror att de flygande farkoster jag sett och de varelser som tagit kontakt med mig kommer från en annan dimension, en värld som existerar parallellt med vår. Varför varelserna påstår att de kommer från en annan planet i vårt universum vet jag inte. Det är uppenbart vilseledande information. Kanske tror de att vi människor har lättare att acceptera denna förklaring.

Hur lyckas de då gå över gränsen från sin värld till vår? Varför kan inte människan göra så? Eller har vissa av oss gjort det? Gått över gränsen? Det finns nämligen berättelser om personer som plötsligt lösts upp i intet och aldrig återfunnits. Andra incidenter berättar om personer som flyttats både i tid och i rum från en plats till en annan. Kanske behärskar vi inte tekniken ännu. Den fungerar bara slumpmässigt tillsvidare.

Men ingen forskar i detta heller. Vetenskapsmännen vet inte var de ska börja och hur de ska utreda. Det finns inget påtagligt och gripbart att analysera. Bevisen är få. Vetenskapsmännen har inga sätt att tolka det som inte kan förklaras. Därför håller de sig borta. Ingen seriös forskare kommer någonsin att ta sig an det osynliga och det oförklarliga. Inte ens fastän ett nobelpris skulle hägra framför deras ögon.

Och det betyder att vi offer står ensamma. Ingen hjälper oss. Vi har bara varandra att lita på. Och i själva kontaktögonblicket är man ensam och utlämnad till varelsernas godtycke. Känslan av övergivenhet är värst. Att inte bli tagen på allvar. Ännu värre är det att tvingas lyssna till falska kommentarer fulla av sympatier. Sedan fäller medmänniskorna sårande ord bak ryggen på en. Det sårar allra mest.

13

De varelser jag har mött verkar lika förvånade som jag och vet lika litet om människan och människans historia som vi själva. Därför har jag dragit slutsatsen att de inte är våra skapare utan att vi är jämbördiga parter på denna planet.

Jag vet inte varför vi manifesterar oss i den synliga världen medan de huvudsakligen håller till i den osynliga. Kanske är universum skapat så med en mångfald av kontraster. Fyllt av livsformer som aldrig varit avsedda att se eller förstå varandra. Men det ser i alla fall ut som om vi människor inte är den enda intelligenta livsformen på denna planet.

Problemet är att de varelser vissa av oss möter påverkar våra liv på ett sätt som inte kan ha varit avsett i skapelsens början. Det finns ingen mening med det som sker. Jag ser åtminstone inget förnuft i det. Jag har numera konsekvent strävat till att undvika mötena så mycket som möjligt. Åtminstone mår jag mycket bättre de veckor varelserna uteblir.

Ändå gnagar en viss oro i bakgrunden. Hänger kontakterna på något sätt samman med människans utveckling? Är kontakterna en förutsättning för att evolutionen ska framskrida? Om det verkligen är så, önskar jag att sammanhanget skulle förklaras tydligare. Nu är kontakterna bara slumpmässiga, där monster av olika slag påstår det som faller dem in. Vissa varelser verkar vara goda medan andra är uppenbart illvilliga.

Men att varelserna finns där och söker närkontakt är ett faktum. Ska vi försöka förstå dem eller undvika dem? Jag är av den senare åsikten. Inget gott har kommit av mina försök att förstå dem. Varelserna är irrationella. Också varningarna de så ihärdigt upprepar verkar vara nonsens. Ingen kan se vad framtiden för med sig. Kontakterna verkar bara ske i skrämmande syfte. I alla fall har inget av de olycksoffer jag har träffat mått bra av närkontakterna. Ändå finns ett gnagande tvivel i mig. Tänk om varelserna har rätt? Tänk om jag borde ta deras varningar på allvar?

Varför drabbas bara vissa utvalda av kontakterna? Har vi, de utvalda, speciella gåvor eller förmågor som gör oss extra känsliga? Sänder vi ut signaler, som varelserna snappar upp? Och i så fall hur borde vi utnyttja dessa förmågor för vårt eget bästa? I stället för att bli så skrämda som vi nu blir.

Jag har ställt den frågan om och om igen och aldrig fått ett tillfredsställande svar. Kanske finns det inget svar. Och det är det mest skrämmande av allt. Det fullständigt irrationella. Att inte ha en förklaring till varför något sker. Det är det mest skrämmande en människa kan uppleva.

3

En av de första som sökte min hjälp var Speedy Gonzales. Nå, han heter förstås inte så, men jag gav honom detta smeknamn, eftersom han i verkligheten var en av de långsammaste personer jag har träffat. Redan de stapplande stegen uppför min trappa tog en evighet. Hans gamla mor hade uppmanat honom att besöka mig efter att hon hade hört om min mottagning i utkanten av staden.

Speedy Gonzales hade mycket att berätta. Det han sade fick mig att ändra uppfattning om varelserna. Först nu blev de verkliga för mig. Speedy hade haft kontakt med varelserna ända sedan barnsben. Först var de ett spännande element i hans liv men nu såg han ingen mening med kontakterna och hade på senare år blivit alltmer deprimerad. Han visste inte hur han skulle bli av med dem. Kontakterna ledde till ingenting och var för honom fullkomligt meningslösa.

Jag började vår session med en lätt hypnos, så som jag brukar. Den får inte vara för djup, för då dyker upplevelserna så livligt upp i den hypnotiserades minne att sessionen blir mera en studie i skräck än en terapeutisk upplevelse. Och detta ville jag undvika. Jag ville endast ha en kylig redogörelse för hur kontakterna manifesterade sig för denna medelålders man med det flottiga håret och den dåliga hyn. Tänderna var inte heller i bästa skick, noterade jag, men turligt nog talade han utan att öppna munnen alltför mycket. De var som om han visste att hans sneda och svartnade tänder skrämde folk.

Det jag ville veta först var kontakternas art och deras frekvens. Och var de påhittade eller verkliga? Eller var detta bara ytterligare ett försök att förvilla mig? Var Speedy Gonzales en ärlig person? Om man får tro hans mor ja, men jag var inte säker. Mannen framför mig gav inget pålitligt intryck. Jag hade blivit lurad förr. Och jag ville inte kasta bort dyrbar tid på skojare. Det fanns riktiga offer där ute som behövde min hjälp.

Det verkade som om denna medelålders man hade samma dubier om mig. Åtminstone såg han på mig med stora, misstänksamma ögon. Men eftersom hans mor hade sagt att han skulle söka upp mig, gjorde han så. Alla spanska män lyder sin mor. Så han satte sig snällt ned på den bekväma soffan i mitt mottagningsrum. Det är egentligen ett sovrum, där jag ibland in-

16

kvarterar mina gäster och själv använder som sovrum under årets hetaste månader. Det ligger längst inne i lägenheten, har bara ett fönster och nås sällan av solens strålar.

När jag drog ned solgardinen och stängde dörren blev det så mörkt att vi knappt såg varandras anletsdrag. Mina misstankar om mannens avsikter skingrades genast, då han började prata. Jag hade först svårt att förstå vad han sade. Han blandade spanska med valencianska. Men så småningom lärde vi oss att kommunicera på ett nöjaktigt sätt.

Han började trevande. Men jag såg den stora lättnaden, då han såg att jag tog hans problem på allvar. Alla utom hans mor skrattade åt honom och hans berättelser. Och så är det för de flesta, som råkar ut för närkontakter med varelserna. De blir sällan tagna på allvar och därför är lättnaden så mycket större, när någon bemöter dem med respekt. Man behöver inte ha lösningen på gåtan utan endast lyssna och ta emot berättelserna med öppet sinne.

Till en början vred mannen sig ändå oroligt på soffan, där han låg i halvsittande ställning. Uppenbart oroad över vad han var på väg att möta tittade han igen ängsligt på mig. Men han lugnade sig, då jag lovade att avbryta sessionen genast han visade tecken på ängslan eller oro.

Med några lugnande ord fick jag honom således att slappna av. Han slöt ögonen och drog några djupa andetag. Med min monotona röst fick jag honom att falla in i en lätt hypnos.

"När såg du varelserna för första gången", frågade jag.

17

"När jag var liten. Kanske fyra eller fem. Jag har sett dem hela mitt liv." Mannen skakade bestämt på huvudet. "Men nu vill jag inte se dem mera."

Jag klappade honom lätt på axeln. "Okej, jag ska ge dig anvisningar om detta senare, men berätta först om kontakterna. Hur ser varelserna ut?"

"De är alltid likadana, de har alla ett avlångt ansikte med stora och sneda svarta ögon och ett streck till mun. Näsan syns inte alls utan de har bara två svarta hål mitt i ansiktet."

"Vad säger de?"

"De talar inte så att jag ser det. Munnen rör sig aldrig. Men ändå hör jag dem fråga om allt möjligt. Vad jag gör, vad jag tycker om och inte tycker om. Känslor intresserar dem mycket. Jag får intrycket att de inte har några känslor själva."

"På vilket sätt tar de kontakt?"

"På natten. Då jag sover." Mannen sträckte plötsligt ena armen upp i luften. "Nej, en gång tog de kontakt mitt på dagen. Jag satt på gården och plötsligt dök en av varelserna upp. Han gick rakt genom muren. Han var klädd på ett märkligt sätt. Oftast har de inga kläder, bara ett grått löst skinn runt kroppen. Men den här varelsen bar en uniform av något slag. Den var blå och vit. En sådan som astronauter använder, men utan hjälm."

"Hade du sett honom förut?"

"Nej, men nu är det alltid samma typ som besöker mig. Aragon 3 kallar han sig. Han säger att han kommer från planeten Sirius, men beskriver den bara i vaga ordalag. Han svarar aldrig på mina frågor om planeten, så jag vet inte om det är sant eller inte."

"Var han ensam?"

"Oftast kommer han ensam, men den här första gången hade han sällskap. De kom alla genom muren. Jag blev rädd och försökte stiga upp och springa min väg. Men av någon anledning kunde jag inte röra mig. Min hjärna sade ja men mina muskler vägrade. Så är det alltid, jag förblir sittande eller liggande som paralyserad. De får mig att göra som de vill. Det är jävligt förnedrande. Att inte kunna göra någonting."

Jag blev överraskad av den plötsliga och häftiga svordomen. Jag undrade vad modern tyckte om att sonen svor. Men hon satt i vardagsrummet och väntade och hörde som tur var ingenting.

"Jag förstår", sa jag överslätande. "Men koncentrera dig på vad du kommer ihåg. Vad ser du? Vad gjorde de sedan? Berätta vad du ser."

"De ställer sig alla i en halvcirkel runt mig. Det skrämmer mig. Min kontakt vill att jag skall följa dem. Vart, frågar jag, men han bryr sig inte om min fråga. Jag blir så förbannad, men kan inget göra." Mannen vred sig ängsligt på soffan. Små svettdroppar hade bildats på hans panna.

"Jag förstår", sa jag lugnande, "men fortsätt. Glöm dina känslor för ett ögonblick och berätta bara vad som händer. Som en utomstående betraktare."

"De tar tag i mig och bär bort mig. Jag kan höra frasandet från deras uniformer eller kanske är de overaller, alla i samma färg, blått och vitt. De bär mig fast de är pyttesmå. Bär mig på sina händer! Jag skulle nästan kunna lyfta en av dem med en hand."

"Är din huvudkontakt, Aragon 3, lika liten", frågade jag.

"Nej, han är lika lång som jag."

"Okej, men det är de pyttesmå som bär dig?"

19

"Ja."

"Vad händer sedan?"

"Jag bärs bort till en närliggande bår av något slag. Jag har sett den förut."

"Hur ser den ut?"

"Den ser ut som ett operationsbord på ett sjukhus, eller kanske snarare som en av de kalla britsarna på ett bårhus. Ytan är kall och metallisk, men ändå förvånansvärt mjuk. Den formar sig efter min kropp, då de lägger mig ned."

Mannen gav plötsligt ifrån sig ett flämtande ljud, det var som om han hade svårt att andas. Jag satte igen min hand lätt på hans axel för att lugna honom. "Det är bara minnen du ser, de kan inte skada dig nu. Hur känner du dig då du ligger på britsen?"

"Jag känner mig illamående. Helt enkelt illamående. Jag är så hjälplös och bara betraktar de pyttesmå varelserna runt mig. Och så min kontakt, Aragon, som tittar på mig med kalla, svarta ögon. Han säger inget, bara betraktar mig som om jag är ett försöksdjur som snart ska skäras i bitar. Men det sker förstås inte. De tar bara av mig kläderna och fäster små plattor överallt på min hud. Det är bara små plattor. De är inte förankrade till någon maskin med ledningar eller så. Det är bara ett par centimeter stora plattor av mjukt material. Böjbara."

"Känns det obehagligt?"

"Nej, egentligen inte. Men då det börjar alltid så här. Man vet inte om det är en dröm eller inte. Men det är det inte. Drömmar är inte så här. Konkreta menar jag. Det som sker är verkligt och jag kan se stick efteråt på kroppen efter de där plattorna. Det sker på riktigt men på samma gång känns det overkligt. Förstår du?"

"Ja, jag förstår. Fortsätt. Vad händer sedan?"

"Det känns så virrigt, men efter att de där plattorna sattes fast flyger jag. Jag lyfts upp från britsen och formligen flyger från gården upp över muren och bort från huset."

"Vad tänkte du då?"

"Måtte jag inte ha sett min mor och mitt hus för sista gången. Det vill jag inte. Ja det är min önskan just då. Och jag vill avsluta det här tokiga experimentet. Jag vill inte flyga. Jag har råkat ut för det här samma många gånger. Jag förstår det inte och ser inte heller syftet med det."

Den sista meningen avslutade mannen med ynkliga snyftningar. Jag tyckte synd om honom, men ville ändå veta mera. Trots att denna händelse var lik många andra upplevelser jag hört berättas i detta samma rum och på denna soffa.

"Vart flyger du?"

"Till ett laboratorieliknande rum. Allt är vitt och sterilt. Där finns apparater och jag ser en annan man ligga på en brits nära mig. Men han sover och reagerar inte alls på min närvaro. Vad har ni gjort med honom, frågar jag, men jag får inget svar. Det är så irriterande. Jag svarar alltid på deras frågor, men de svarar inte på mina. Inte alltid i alla fall. Och när de svarar har jag en känsla av att jag hört svaret förut. Jag förstår det inte. Meningslösheten. Det är som det är viktigt för dem och på samma gång får jag känslan att det inte betyder ett dyft för dem."

"Hur så?"

"Ja, de liksom vill ge ett intryck av att jag är viktig och att de vill ha information av mig. Men på samma gång får jag känslan att det inte är så. Det är bara en lös känsla. Jag vet inte varifrån den kommer. Men jag tror inte undersökningen betyder något för dem. Jag förstår inte varför det är så och varför de gör allt detta besvär. Om det är så bortkastat menar jag."

"Okej, jag förstår." Jag fortsatte med en konkret följdfråga: "Vad gör de åt dig i laboratoriet?"

"De är som en svärm runt mig. Petar på mig och granskar min hud. Jag känner inte så väldigt mycket. Jag känner mig bara bortdomnad och konstig. Kanske har plattorna gjort det, bedövat mig, menar jag. Det känns inte farligt, nästan skönt. I nästa sekund flyger jag plötsligt upp i luften med en väldig fart. Rakt upp! Upp i intet. Det skrämde mig så att hjärtat nästan stannade. Det var som att åka en snabbhiss utan dämpande funktioner."

"Flög du högt upp?"

"Ja, det kan du skriva upp. Det kändes som om jag var uppe i molnen. Och sedan ner igen. Lika blixtsnabbt. Och det är det här som är så fruktansvärt. De snabba kasten mellan allt och ingenting. På en gång liksom. Nej, jag vill inte uppleva något sådant igen. Aldrig."

"Vad hände sedan du flög upp och ner i luften?"

"Jag sitter plötsligt upp. Fortfarande på den här britsen, men laboratoriet har nu försvunnit och jag sitter på min gård igen. Om det hände något annat i laboratoriet har jag i så fall glömt det. Eller kanske förträngt det. Jag tror att jag inte vill minnas allt. Eller så låter varelserna mig inte minnas allt som sker."

"Jag förstår."

"Och jag sitter igen på min gård. Men på samma gång är det inte min gård. Det luktar konstigt. Som ruttnat avfall. Och en kvinnlig gestalt kommer fram till mig. Hon är inte mänsklig, hon har en läderaktig hud och ögonen och munnen är som små prickar. Hon liknar en jättestor insekt, en stor syrsa av något slag. Men hon har inga vingar. Och hon ser gammal ut. Jag menar urgammal som om hon är i slutet av sin levnadsbana. Men det är hon inte. Du förstår det innan du ens hör hennes röst. Hon rör sig smidigt, inte stelt och försiktigt som gamla rör sig."

"Säger hon någonting?"

"Ja, och det är igen något så förvillande och borta från sammanhanget att jag varken vet ut eller in. Är ni många eller få, frågar hon. Och jag skakar på huvudet, vägrar att svara eller överhuvudtaget tänka på någonting. För de vet ju hur många människor det finns på jorden, tänker jag. Det måste de veta. De tycks ju veta allt om universum, så då kan inte jorden vara någon hemlighet heller för dem. Eller hur?"

"Vad sa hon då", frågade jag.

"Du måste svara, säger hon. Och jag mumlar högt att de redan vet allt. Varför ska jag då svara? Jag vet ju ingenting."

"Hur reagerade hon då?"

"Det var som om hon inte låtsades höra. Och jag vet att det inte lönar sig att upprepa frågan. Då gör de bara något hemskt igen."

"Vad gjorde den gamla, då du inte svarade på hennes fråga?"

"Hon sa, att då måste vi utföra en operation. Och jag stammade i protest, blev väldigt rädd igen. Riktigt rädd. För jag kan inte röra mig, kan inte göra ett dugg åt det här. Jag vill inte bli opererad, sa jag, men det brydde hon sig inte om utan tog fram ett långt vasst föremål, det liknade en skalpell, och den stack hon in i

23

mitt öra. Det gjorde ont. Och jag skrek, gud vad jag skrek. Men jag hörde ingenting. Jag bara skrek inombords.

Här lukta på min hand, sa hon, och förde ett magert finger till min näsa. Det luktade igen unket och jag fick kväljande känslor och var redo att spy. Men lukten lugnade mig, jag kände ingenting mera och slutade tvärt att skrika. Men jag var fortfarande skrämd från vettet. Min kropp böjde sig uppåt i en båge tills det kändes som om ryggraden skulle knäckas.

Skalpellen, som nästan kändes levande, fördes upp i min hjärna. Åtminstone sa hon så. När hon bökat färdigt en stund drog hon försiktigt ut skalpellen. På spetsen fanns en substans, som hon torkade av på en glasskiva. Glasskivan placerade hon i en cylinder, som försvann ner i ett hål.

Det var så märkligt, så overkligt. Som en dröm, som jag sa tidigare, men ändå så verkligt. Mitt öra blödde de följande dagarna och jag var tvungen att gå till en läkare för att få stopp på blödningen. Han sa att jag hade petat mig med en sticka i örongången och att det ska man absolut inte göra. Men det hade jag alltså inte gjort. Så jag sa ingenting, fick bara en salva som stoppade blödningen. Hur förklarar man det? En jävla levande skalpell upp i hjärnan? Inte på något vis."

"Nej", sa jag sakta. "Inte på något vis."

"Efter den där operationen var jag alldeles skakis en lång tid. Jag kunde inte tänka klart och kunde bara berätta för min mor om det som skett. Men hon förstod inget av det. Dessutom är hon mycket religiös och menar att jag har drabbats av Guds straff för något jag gjort eller låtit bli att göra. Men att gå till prästen och

24

be efteråt hjälper inte. Tro mig, jag har försökt. Och det hjälper inte ett förbannat dugg."

Här knep mannen ihop knytnävarna så hårt att jag trodde hans naglar skulle borra sig in i handflatorna. Men han öppnade genast nävarna, då han insåg hur hjälplös gesten var.

"Kommer du ihåg något mera?"

"Ja, hon, den gamla, sa att jag var deras utvalde. Jag förstod inte först vad hon menade, men efter ett ögonblick insåg jag att de skulle återkomma. Och jag vill inte vara med om flera operationer. Jag vill inte vara utvald. Förstår du? Jag vill inte. De kan välja någon annan. Jag är färdig med den här skiten. Aldrig mer."

I samma ögonblick vaknade mannen. Han skakade en stund som i frossa och vaggade fram och tillbaka på soffan. Han tittade ner på golvet och frågade med skrämd röst: "Finns det något man kan göra? För att bli av med kontakterna. Jag är alldeles slut, orkar inte mera." Rösten försvann mot slutet av meningen och de sista orden kom ut som en svag viskning.

Jag placerade igen min hand på hans axel för att visa mitt stöd och lät den ligga där en stund. Vi sa ingenting. Några minuters tystnad krävdes för att smälta det som sagts.

"Vilken är din favoritfärg", frågade jag plötsligt.

"Blått", sa mannen utan att tänka efter.

"Ser du sambandet? Varelserna får dig att se det du vill se och höra det du vill höra? Blåa uniformer, eftersom de vet att blått är din favoritfärg. De är verkliga, men har inget egentligt ärende. Åtminstone har jag inte lyckats luska ut något ännu. Det som är viktigt att veta är att du inte är ensam. Det finns tusentals, kanske miljontals som du. Alla råkar ut för samma meningslösa kontakter. De blir utfrågade, petade på och opererade. Du ska inte tro ett ord av vad de säger. Det är lögn alltihopa. Från början till slut. Tro inte ett ord! Och se dem inte i ögonen. Lyssna inte på dem. De ljuger. De kommer inte från en främmande planet. Och de vill oss uppenbarligen ingenting. De bara leker med oss, väljer sina offer slumpmässigt.

Du har drabbats av dem men är inte utvald av någon särskild anledning. Det bara vill sig så. Du är inte delaktig i något slags stort och viktigt kosmiskt spel. Så lyssna inte, säg bara att de ska lämna dig i fred. Upprepa det gång efter annan. Lämna mig i fred! Det är förstås svårt eftersom alla kontakter verkar ske på telepatisk väg. Men om man upprepar detta tillräckligt ofta och bestämt i sitt stilla sinne och vid varje kontaktförsök, ger varelserna slutligen upp. Så skedde med mig. De har försvunnit för gott."

Jag visste det inte då, men min avslutande kommentar skulle visa sig vara fel, även om jag uttalade den med sådan stolt min. Varelserna återkommer då de har anledning till det. En längre paus spelar ingen roll i deras fall. Det är en del av leken. Skräcken är desto större, när de visar sig igen.

Just när du har invaggats i den säkra tron att kontakterna är bara ett bittert minne i ditt förflutna, återkommer de med förnyad styrka. Igen till ingen nytta. Och det är just det meningslösa i kontakterna som skrämmer mest. Varelserna påstår att de vill oss något, men allt pekar på att det är bara tomt prat. Eller snarare tomma signaler för att tydligt beskriva hur kommunikationen mellan dem och oss fungerar.

"Men operationen då", frågade mannen.

26

"De stack dig i örat, men tog inte ut något från din hjärna. De får dig att se eller höra det de vill. Det ingår i falskspelet."

"Men de är så verkliga", stammade mannen. "De kommer så nära så man kan nästan ta på dem, om de skulle ge tillstånd till det. Och ögonen, som betraktar en så ingående. De är levande men ändå så döda." Mannen skakade bekymmersamt på huvudet. "Ja, det är det jag tänker på då jag ser dem. Halvt levande, halvt döda. Och jag känner alltid lukten av dem. Ibland är det en angenäm doft men mycket ofta är det den här unkna och ruttna lukten, som jag kände då den gamla kvinnan opererade mig."

"Igen, det var ingen operation", betonade jag envist. "Ju snabbare du accepterar detta faktum, desto fortare blir du av med synerna. Varelserna är verkliga på sitt plan och kan av någon anledning manifestera sig i vår värld. Varför de gör så vet jag inte. Men det som de säger och gör är för det mesta dina egna hallucinationer. Du förstorar det som sker. De kan tillfoga dig små skador ja, men inget allvarligt. Ett stick i örat var allt du fick. De tar inte ut en del av din hjärnsubstans och sätter provet i en cylinder för närmare analys. Den bilden framkallar du själv i ditt sinne. Kanske vill de att du ska se det så. De är mästare på att ljuga och manipulera."

"Men ögonen då, de stora svarta ögonen", protesterade mannen. "Och blicken de ger en. Den ser djupt ner i mig."

"Ja, jag har upplevt det själv. Men det är igen en bild som vi har gett dem. Innan kontakterna blev så här rikliga beskrevs varelserna på olika sätt. Du måste förstå, att människan, då hon försöker förklara något oförklarligt, alltid hämtar exempel från sådant hon sett och upplevt tidigare. Så när hon beskriver varelserna tar hon till det som hon först kommer att tänka på. Dessa beskrivningar har spritts vidare via medier och nu ser vi alla samma varelser med stora, sneda, svarta ögon. Alla berättar samma historia. Och kanske vet varelserna detta och sprider bilderna vidare på sitt sätt. Eller så är det en form av masshypnos, som vi människor så flitigt ägnar oss åt. Vi är flockdjur och vill tänka på samma sätt. Och då tänker vi också på varelserna som flockdjur. De måste ju vara lika oss och bete sig på samma sätt. Vara ute efter det som vi människor i samma situation skulle vara ute efter. Om vi kidnappar andra varelser vill vi ju veta hur de är skapade, för dem till ett laboratorium, tar prover och analyserar dem. Och då skapar vi bilden att varelserna gör samma sak åt oss. Även om det inte sker på riktigt. Eller hur?"

"Ja, jag antar det", sa mannen på soffan på ett trevande sätt som om han inte riktigt trodde mig. Men jag kunde se att ett litet frö hade såtts i hans hjärna. Han behövde bara tid att processera tanken. Han skulle så småningom bli av med synerna och kontakterna.

"Det gäller bara att vara konsekvent, då du drabbas av kontakterna", sa jag. "Delta inte i deras grymma spel. Det är inte på riktigt, en stor del av det. De får dig att uppleva det du vill uppleva. Men du vill innerst inne inte uppleva det. Eller hur?"

Mannen nickade. "Ja. Absolut."

"Så stäng ute synerna nästa gång. Och lyssna inte på rösterna. Jag vet att det är svårt. Du måste öva dig att motstå kontakterna. Börja träna redan idag. Snart ser du att det ger resultat. Om du mycket tydligt visar att du inte vill delta i varelsernas spel lämnar de dig i fred.

Kom tillbaka nästa vecka, samma tid, så ser vi hur du mår då. Mycket bättre skulle jag tro. Och din mor får sinnesro. Det är det väl värt?"

"Ja, tack doktorn", sa mannen och tog min hand. Den var slapp och smått fuktig av känslosvallen han nyligen hade genomgått.

Jag lät bli att korrigera honom beträffande min titel. Jag har ingen doktorsexamen. Jag är bara en ödeskamrat som befinner mig i samma situation som mina patienter. Men jag vet mera om varelserna än någon doktor jag känner. Och därmed är jag också mera kvalificerad än någon läkare att ge råd beträffande närkontakterna med de främmande varelserna. Ingen riktig psykolog skulle ta sig an mina patienter och allra minst ge dem råd som skulle hjälpa dem.

Mediciner och terapi i massor hjälper inte. Du måste bygga upp patienternas inre styrka så att de på egen hand kan motstå kontakterna. För de är ändå alltid ensamma då kontakterna sker. Ingen läkare står i den stunden bredvid dem och säger vad de ska göra. Och närkontakterna är alltid individuella. En annan kan inte se det som den kontaktdrabbade ser. För kontakterna sker huvudsakligen på ett mentalt plan, även om vissa delar manifesterar sig på ett fysiskt plan i vår verkliga värld.

Det som sker går inte att förklara med våra nuvarande kunskaper. Det är bortom vår fattningsförmåga. Och när vetenskapsmän inte har lyckats lösa gåtan med kontakterna kan vi inte kräva att vanliga människor skulle förstå dem. Varför jag? Varför nu? Varför sker det här? Är det verkligt eller drömmer jag? Dessa frågor ställer sig alla kontaktdrabbade. De får inga konkreta svar. Men redan bekräftelsen att kontakterna de-

29

finitivt inte är något de hittar på brukar ge tröst. Mitt standardsvar är, att du inte är tokig och inte heller ensam. Du har många ödeskamrater.

Därmed finns det också många varelser. Har varelserna samma agenda? Svårt att säga. De bilder de vill att vi ska se påminner mycket om varandra. Det ger intrycket av ett gemensamt mål. De vill oss något. Varför annars dessa kontakter? Samtidigt är kontakterna så irrationella att själva betydelsen av dem är marginella. Betyder det att vi inte ska ägna dem uppmärksamhet? Både ja och nej. Det är inte varelserna vi ska koncentrera oss på. Det är offren som behöver vår hjälp. De är de enda som lider i sammanhanget. Att samhället vägrar lyssna på dem är en av de största skandalerna i modern tid.

4

Ett komiskt inslag i kontakterna är männen i svart. Dessa visar sig emellanåt för dem som blivit kontaktade. De är i allmänhet mycket allvarliga och högresta män, som använder svarta solglasögon så man inte ser deras ögon och de är alltid klädda i svarta kläder. De säger sig representera någon statlig myndighet och varnar ofta offret i fråga för följder av olika slag. I allmänhet ska man avhålla sig från att göra någonting eller vidta åtgärder med anledning av det man sett.

Männen är förstås bedragare liksom varelserna. De säger det som de tror att vi vill höra. Männen i svart har besökt mig två gånger. Den första gången var efter mitt besök på den lokala polisstationen, där jag rapporterade det flygande föremålet jag och många vittnen med mig hade sett ovanför mitt hus. Jag förstod att det var ett misstag redan då jag väntade på att en konstapel skulle anteckna mitt vittnesmål. Men då var det för sent. Men åtminstone berättade jag inget om mina närkontakter med varelserna, som förekom ofta vid den tiden. Jag hade ju inga bevis på närkontakterna medan det fanns flera videoinspelningar av det flygande föremålet. Jag lämnade således in min anmälan, undertecknade den och hörde sedan aldrig av den mera.

Inte förrän de två männen i svart knackade på min dörr en kväll och ville veta ytterligare detaljer om det jag hade sett. De visade identitetshandlingar, som såg officiella ut. Jag synade dem inte närmare då, men inser nu att jag borde ha gjort det. Namnet på myndigheten sa mig ingenting. Kanske hade en närmare kontroll inte gjort någon skillnad. Varelserna får oss att se det vi vill se. Och tro vad vi vill tro.

Så jag gjorde det som en normal person i den situationen gör. Jag upprepade redogörelsen som jag hade gett polisen. Men jag märkte snabbt att min berättelse inte intresserade männen i svart. De lyssnade likgiltigt. Den ena mannen svängde sig ibland om som om han väntade på order från någon överordnad eller var orolig för att någon skulle hoppa på honom bakifrån. Jag fick redan då en känsla att jag talade med artificiella robotar, som liknade människor men vars beteende inte liknade människans.

Alla varelser är i grund och botten nervösa. De verkar veta en hel del om människorna, men är rädda för vår oberäknelighet. De är lika rädda för oss som vi för dem. Och det är viktigt att veta. De har ingen makt över oss, om vi inte ger dem den makten. På ett mentalt plan är de oss överlägsna, men på ett fysiskt plan

31

och i vår synliga värld har vi övertaget. Och jag tror att det är detta faktum som gör dem nervösa.

När jag började misstänka att männens besök inte hade någon egentlig funktion, tröttnade jag på att besvara deras frågor. Besöket föreföll vara endast ett tidsfördriv för männen. Och det är detta som gör alla främmande kontakter så irriterande. Vi tror att varelserna kommer med viktiga budskap, antingen vill de hjälpa oss eller varna oss för kommande faror. Ibland berättar de om farliga varelser från andra planeter, varelser som är deras motståndare och som också vill människorna ont.

Men det är bara bluff. Varför de framför dessa huvudlösa påståenden vet jag inte. Den enda slutsatsen jag har är att det måste vara ett sjukt tidsfördriv för varelserna. Antingen är de programmerade att bete sig som de gör eller så uppnår de en pervers njutning av att se oss våndas.

När den ena mannen i svart för tionde gången svängde sig om och stirrade bortom gatans mörker, frågade jag plötsligt den andra mannen hur hans chef, Sanchez, mår.

"Jag har träffat honom ett par gånger", påstod jag med uppriktig min. I själva verket visste jag inte vem som var deras chef, om de ens hade någon. Och någon Sanchez hade jag aldrig hört talas om.

Det hade uppenbarligen inte mannen heller, eftersom han tittade förvånat på mig.

"Jag hörde hans yngsta son hamnade på sjukhus. Det är väl ingenting allvarligt? Någonting med ryggen hörde jag. Ett fel från födseln kanske. Eller skadade han sig då han hoppade på stenarna bakom huset?" Jag klickade med tungan och skakade bekymmersamt på huvudet. "Jag har alltid sagt åt Sanchez att ta bort de där stenarna. De är en fara för barnen och kan dessutom locka ormar till sig."

Mannen ryckte till vid ordet orm. Uppenbarligen tyckte han inte om kräldjur. Och om männen i svart är besläktade med eller som jag tror är utsända av varelserna är det konstigt, eftersom varelserna själva påminner om stora insekter. Då borde de också tåla kräldjur men uppenbarligen inte. Så under männens besök började jag instinktivt tänka på ormar och andra kräldjur. Jag frågade också om männen hade sett skorpionerna. Männen tittade sig nervöst omkring och fick plötsligt bråttom att avsluta intervjun. Utan några förklaringar försvann de snabbt nerför gatan.

Jag vinkade farväl, men de såg sig inte om. Idioter, tänkte jag. För det är så männen i svart beter sig, idiotiskt. Deras ord låter trovärdiga, men är samtidigt så bisarra att ingen människa kan bli lurad av dem. Ändå sker det gång efter annan. Jag har hört många vittnesmål, som bekräftar det. Vi människor är nämligen uppfostrade att lyda auktoriteter. Det är så vi får våra samhällen att fungera. Och varelserna vet detta och utnyttjar den informationen.

Jag tänkte länge på besöket efteråt. Är männen i svart representanter från en försvunnen kultur? Vissa påstår nämligen att människan kan vara ett resultat av en tidigare superkultur. Det finns otaliga myter om förlorade civilisationer såsom Atlantis, Lemuria med flera. Många av våra forntida stenmonument påstås ha skapats av dessa tidigare civilisationer. Det finns människor som påstår sig ha mött invånare från Atlantis. På samma sätt som varelserna kan dessa invånare göra sig synliga för att igen försvinna, då de så önskar. De beter sig som spöken.

Dylika invånare brukar berätta utförligt om Atlantis. Många möten har nedtecknats i detalj och redogörelserna berättar alla i stort sett samma historia. Samma fenomen återkommer i många religiösa och spiritistiska upplevelser. Likaså i vittnesmålen om ufon och de varelser som använder dessa oidentifierade flygande föremål.

De varelser jag mött har mycket gemensamt med invånarna från Atlantis. Dessa hade visserligen oftast skägg och var högresta men varelsernas höga kindknotor och stora, sneda ögon har mycket gemensamt med beskrivningarna av invånarna på ön Atlantis.

Inom det ockulta har främmande varelser beskrivits i århundraden. Fenomenet har gett upphov till talrika berättelser om älvor, troll, vampyrer, demoner och spöken som hemsöker vår planet. De verkar också ha förmågan att ta vilken skepnad som helst. Vissa ser till och med hädangångna personer, allt från nära släktingar till berömda grekiska filosofer eller Abraham Lincoln. I Tyskland kallas dessa doppelgängers, dubbelgångare.

Vissa varelser tar formen av till hälften människa, till hälften djur såsom snömannen i Himalaya och Bigfoot i Nordamerika. Liknande konstiga blandvarelser har observerats överallt på vår jord.

Vissa syner, eller nästan alla, tycks vara en produkt av en hallucinatorisk process, som gör att hjärnan tar emot dessa uppenbarelser. Men de är inte enbart hallucinationer, inte falska bilder i våra hjärnor. De är mera än så. De har ett syfte. Det måste de ha.

Eller är detta bara en from önskan från min sida?

Det kan förstås finnas fysiska eller psykologiska förklaringar till dessa syner. Men det är anmärkningsvärt att budskapen är långt desamma. Synerna tycks följa samma mekanism. Och synerna eller avvikelserna från den verkliga världen har funnits i evigheter.

Invånare från Atlantis, som uppenbarat sig för människor, berättar ofta att deras civilisation gick under därför att den var krigstokig. Atlantis var ett ondskans näste. Invånarna förstörde sin egen värld medvetet eller gick under som en följd av en högre makts bestraffning.

Varelserna varnar också ofta för destruktiva följder i vår värld. Bör vi tro dem? Jag vet inte. Vi människor vill tro gott om sådana som kommer med ärliga råd. Men hur vet vi att råden är tillförlitliga? Svaret är att vi inte vet det. Vi kan bara pröva oss fram.

Jag tror alla dessa främmande varelser härstammar från parallella världar och att de har följt människans utveckling under långa tider. Deras världar existerar i sin egen dimension och kan bli synliga i vår värld under vissa omständigheter och under vissa villkor. Kanske syns vår värld på samma sätt i varelsernas värld. De ser oss och vi ser dem ibland men ingendera kan påverka den andra världen.

Eller kan vi påverka? Och är detta orsaken till att varelserna tar kontakt? De visar sig så att vi ska veta att de finns. Är vi farliga för dem? Är det därför de håller sitt vakande öga över oss?

Hur det än förhåller sig är vi rädda för dem och de är uppenbarligen rädda för oss. Ingen bra utgångspunkt för att varken förstå eller hjälpa varandra. Och det kan förstås vara en av orsakerna till närkontakterna.

Varelserna behöver vår hjälp eller så är vi i trängande behov av hjälp. Utan att vi inser det.

Hur ska vi förstå varandra? Det finns så många obesvarade frågor. Vissa forskare anser att det finns andra världar inne i vår jord. Vår planet är inte alls den flytande och heta massa, som vetenskapen hittills har trott, utan det kan finnas flera världar under jordskorpan. De varelser vi ser och som kontaktar oss härstammar från dessa dolda världar.

Låter fantasifullt ja, men det skulle förklara många vittnesmål, där kidnappade berättar att de först blivit förda till ljusa och vackra utrymmen för att i nästa ögonblick hamna i unkna grottor. De svävande rymderna avslöjas som det de verkligen är, det vill säga trånga och illaluktande jordhålor.

Det skulle också förklara variationen av varelser. Men det förklarar inte hur de tar sig upp till vår värld. Finns det hemliga gångar någonstans på vår jord? Vid polerna? Och det förklarar inte heller varför de grå varelserna fortsätter med sina påståenden om att de kommer från främmande planeter. Antingen ljuger de eller så förstår vi inte sambanden. Kanske är varelsernas värld fysiskt bunden till vår jord men existerar samtidigt långt borta i universum.

Det enda jag vet är att jorden är hemsökt av spöken och att detta har pågått länge. Syftet med dessa besök är däremot höljt i dunkel.

Vi människor vill veta varför vi och allt annat existerar. Vi kräver förklaringar. Vi vill veta syftet med allting. Det är så vi håller oss kvar i verkligheten. Om vi inte får svar på dessa elementära och existentiella frågor stöter vi antingen bort dem eller funderar på dem så mycket att vi till slut blir galna.

36

Jag undrar själv om jag fortfarande är vid mina sinnens fulla bruk. Men kontakterna är verkliga. Det kan jag inte bortse från. De fysiska bevisen är övertygande. Enbart fantasier kan inte ha en så förödande effekt, upprepar jag för mig själv gång efter annan.

Det verkar som om jag har ett bestående och viktigt förhållande till varelserna trots att jag inte ens kan vara säker på att de existerar. Men varför jag? Jag vill inte höra till de utvalda. Detsamma upprepar alla mina ödeskamrater. Men det verkar inte ha någon effekt. Vår egen vilja åsidosätts gång efter annan.

5

Några veckor senare återkom mina egna oroväckande närkontakter med de ursprungliga varelserna. De gråa och gängliga och nästan hudlösa varelserna. Borta var männen i svart och några snömän eller andra konstiga halvdjur har jag ju aldrig sett.

Jag försökte igen förtränga upplevelserna, men mitt uppenbara ointresse och tankarna på allehanda kräldjur fungerar inte längre. Kanske är detta trots allt nya varelser, som är immuna mot andra varelsers obehag.

Jag framhåller att jag inte vill lyssna på dem. Men de fortsätter ändå ta kontakt. Varje natt förföljer dessa monster mig och jag har ibland tänkt på att avsluta detta jordeliv för att undkomma dem en gång för alla. Men jag är rädd att de väntar mig också i döden. Kanske det är det som varelserna vill. Att driva oss till vansinnets brant i detta liv så att vi är mera mottagliga för dem efter döden. På den andra sidan. Om det finns en sådan.

Men jag tror inte att det är så. Varelserna är emellanåt uppenbart intresserade av våra levande kroppar och hur dessa fungerar. Likaså är våra hjärnors uppbyggnad ett mysterium för dem. Och mina känslor är ett ständigt återkommande tema. Varför känner jag så och varför inte så? Fråga ormarna brukar jag svara, men den kommentaren fungerar inte längre. Tidigare avbröts frågorna och kontakten i det skedet, men inte mera.

Framför mig satt nu den mest besynnerliga varelse jag någonsin sett. Lång och gänglig som de andra varelserna men omkring honom strålade en sådan auktoritet att jag häpnade. Dessutom kände jag honom fastän jag inte hade sett honom förut. Jag säger honom men jag vet inte varför. Men det var en man, inget tvivel om saken.

Det som förundrade mig mest var denna märkliga samhörighet. Vi var varandras motsatser men hörde ändå samman. Då jag betraktade hans gängliga lekamen, insåg jag plötsligt att jag hade haft nära kontakt med honom förut, även om jag inte kom ihåg detaljerna från våra möten. Men jag fick definitivt intrycket att varelsen hade påverkat mitt liv ända från min födelse till nu.

Varelsen spände sina svarta ögon i mina så att det tog nästan ont. "Du får inte analysera oss mera", löd budskapet denna gång.

Jag förvånades över den direkta uppmaningen. I vanliga fall brukade varelserna styra mitt medvetande mycket försiktigt.

"En sista gång", fortsatte varelsen. "Och sedan slutar du. Inga mottagningar mera."

38

"Varför", frågade jag. "Varför är mina mottagningar så farliga? Mina patienter mår bättre av samtalen."

"Det finns inte tid", kontrade varelsen snabbt. "Du tar emot en sista patient, en kvinna, sedan är det över. Slut. Du pratar inte om oss mera. Vi existerar inte längre för dig. Förstår du?"

"Nej", sa jag, eftersom jag inte förstod detta plötsliga avslut efter åratal av påtvingade kontakter. Men jag sa det bara för syns skull. Inombords protesterade jag inte alls utan kände däremot en enorm lättnad. Det kändes som om en stor tyngd föll från mina axlar. Fri! Äntligen fri! Jag nästan jublade, men aktade mig för att inte visa känslor utåt.

Jag hatade inte främlingarna. De påminde om människor eftersom de hade två armar, två ben och ett huvud, men på alla andra sätt var de inte mänskliga. De var överlägsna. Och det skrämde mig, eftersom jag kände till deras styrka men inte deras motiv. Efter alla dessa år förstod jag fortfarande inte. Ännu en ny bisarr uppmaning, utan förklaring eller motiv. Var det verkligen varelsen som sa detta eller var det något från mitt undermedvetna som hade fått nog av kontakterna?

Varelsen läste mig bättre än jag insåg. Han gjorde svepande rörelser med knutna nävar och var nära att spricka av beslutsamhet.

"Sluta med dina tvivel och lyssna", sa varelsen. "Detta är sista gången du ser mig. Du avslutar din mottagning och ägnar oss inte en tanke mera. Vi har andra uppgifter som väntar."

Jag undrade vad han menade med vi. Hade främlingarna andra uppgifter eller avsåg varelsen mig och kvinnan han hade nämnt? Var jag viktig i sammanhanget eller överdrev jag min egen betydelse?

Kontakten bröts och jag fick inget svar på min sista fråga. När jag vaknade följande morgon kom jag bara ihåg samma skräck som förut. Men när jag tänkte efter en stund kände jag mig mer försonad med situationen. Tidigare hade det alltid krävts en mycket stor ansträngning för att inte låtsas om vad som hade hänt mig. Men nu låtsades jag inte längre, för jag var fri. Inga främmande kontakter mera. Vad jag hade längtat efter denna dag.

Jag mindes min egen oro under de gångna åren. Hur många gånger hade jag inte gått igenom huset mitt i natten, öppnat garderober och tittat under sängar. Jag förstod inte då varför jag undersökte alla vinklar och vrår. Men nu insåg jag varför. Det känns egendomligt att leva varje dag och natt i skräck.

Jag kom ihåg kontakterna. Jag kunde se varelserna komma, uppenbara sig från ingenstans, mindes min rädsla, min absurda hörsamhet för deras befallningar. Jag mindes hur det kändes när de rörde vid mig. Hur snabba och precisa i sina rörelser de var. Jag kom ihåg deras lukt, den smått unkna stanken men den var samtidigt lugnande, som om det fanns något familjärt över det hela. Därför hade jag trots rädslan också känt respekt, ja till och med kärlek av något slag.

Ja kärlek.

Men kanske ändå mest av allt skräck.

Jag kom ihåg känslan av att något främmande stod i begrepp att lägga handen på mig och föra bort mig. Känslan av att känna sig ständigt bevakad, denna envisa underton av rädsla.

Men nu var jag plötsligt fri från allt detta. Vilken oerhörd lättnad. Jag flög som på moln den dagen. Jag hade fått tillbaka mitt liv.

Att det bara var en kort tidsfrist, visste jag inte då. De prövningar som följde visade sig vara hemskare än närkontakterna med varelserna. Allt kunde sammanfattas i en enda fråga och ett enda svar. Vem är människans värsta fiende? Jo, människan själv.

6

De som kartlade jordens yta långt före vår tid visste mera om vår planet än vi. Vi har ännu mycket att lära. Trots det hävdar många att världen är fullständigt utforskad och att alla jordens mysterier har lösts. Vi tror på våra historieböcker. Många håller fortfarande till och med fast vid den religiösa uppfattningen att människan är bara fyratusen år gammal.

Och vetenskapen fortsätter att hävda att människan är den enda intelligenta livsformen på denna planet. Trots att det finns otaliga incidenter, som pekar på att det finns en annan ras än vår och att den lever mitt bland oss. Miljoner människor har mött representanter för denna ras och tusentals böcker har skrivits om dem. Ändå fortsätter majoritetens självbedrägeri. Varför? Jo, sanningen är skrämmande och kullkastar allt det vi hittills har lärt oss. Och då blundar vi hellre än inser sanningen.

Men tiden är nu inne för oss att vakna upp. Annars kommer vi att försvinna från jordens yta. Varför tror jag så? Jo, därför att varelserna beter sig allt hotfullare och vi måste lära att försvara oss. För att inse faran måste vi först inse att varelserna är riktiga och att de utgör ett hot.

41

Sedan måste vi förstå det innersta syftet med kontakterna. Varelserna vill ha bort oss från denna planet. För dem är vi ohyra, ett virus, som av någon för dem okänd anledning placerats på jorden och som nu borde förpassas någon annanstans. Vart då? Vi kan inte flytta till en annan planet. Eller ska vi förpassas till en skentillvaro? Till gränsen mellan ljus och mörker? Nej, jag säger nej, tusen och åter tusen gånger nej. Vi måste kämpa för det vi har.

Denna hemska sanning uppenbarade sig för mig, då en av mina kvinnliga patienter kom på avtalad tid. Jag fick henne att som så många gånger tidigare snabbt falla in i en lätt hypnos. Vi hade just påbörjat vårt samtal, då jag noterade en lätt skugga i ett hörn. Det var en av varelserna, de som alltid beter sig hotfullt. Jag hoppade till av rädsla och steg upp. De hade aldrig visat sig så öppet tidigare.

Jag glömde hypnosen och koncentrerade mig på varelsen. Den var grå till färgen och lång och gänglig. Det är som om de inte har kroppar egentligen. Alla fysiska gränslinjer hos varelserna är suddiga och otydliga. Det finns ingen början och inget slut. Det är som om de smälter in i sin omgivning.

Varelsen fick mig att sitta alldeles blickstilla. Jag kunde inte röra ett finger, än mindre tala. Varelsens långa arm sträcktes ut mot mig och ett finger berörde min panna. Det var ingen lätt och vänlig gest utan fingret träffade mig som ett slag mot ansiktet. Mitt huvud slängdes bakåt och det kändes som om nackkotan skulle brytas.

"Inga patienter mera, förstått", signalerade varelsen och jag kunde inget annat göra än nicka. "Men ni sa ju…", tänkte jag. "En till…" Jag vet inte om jag sa det högt, men varelsen gav mig igen ett häftigt slag i ansiktet. Det gjorde ont. Mitt huvud flängde fram och tillbaka.

Varelsen såg på min patient, som fortfarande låg nedsövd på soffan utan att ha noterat varelsens närvaro. Kvinnan vred dock oroligt på sig. Varelsen stack ett finger i hennes öra och jag skrek genast: "Låt bli!" Men orden kom inte ut som den bestämda protest jag avsåg utan lät mera som ett ynkligt kvidande. Jag kunde fortfarande inte röra mig. Jag satt bara som paralyserad och såg vad varelsen gjorde.

Fingret stacks in längre och längre tills det helt försvann in i kvinnans skalle. Det måste göra ont, tänkte jag. I samma stund reagerade kvinnan genom att böja ryggen och sväva upp i luften. Hon hade ingen kontakt med soffan längre. Jag hade aldrig tidigare sett något liknande. Varelsen fick kvinnan att böja sig så tvärt att jag trodde hennes ryggrad skulle gå av. Jag kved av rädsla. Åtminstone lät det så i min hjärna. Men kanske jag satt lika stram och orörlig som tidigare.

Varelsen fick kvinnan att svänga sig, så att hon nu låg på mage i luften. Hon svävade ända upp mot taket och sedan släppte varelsen plötsligt taget. Fingret kom ut och kvinnan föll hårt på soffan med ansiktet nedåt. Jag hörde den kraftiga smällen då hon studsade mot den hårda soffan. Sedan låg hon där livlös. Hade varelsen dödat henne? Nej, jag såg att hon andades. Men hon var medvetslös och huvudet låg i en onaturlig vinkel. Hon blödde ur näsan och ena örat.

Varelsen tittade på mig med kalla, svarta ögon. "Ser du vad det leder till om du fortsätter."

Jag nickade hjälplöst. Mina tankar var hos kvinnan. Jag förstod att hon behövde vård. Blodflödet var rikligt och det hade redan bildats små pölar på golvet. Jag måste hjälpa henne.

Varelsen verkade läsa mina tankar för jag fick igen ett hårt slag i ansiktet. Det slungade mig ner på golvet och jag slog huvudet så häftigt att jag såg ingenting på en stund. Samtidigt hade min stela hållning försvunnit. Jag var inte i varelsens makt längre.

Jag letade efter något att slänga mot varelsen. Ett vapen av något slag. Å, vad jag längtade efter ett vapen just då. Det enda jag hittade var lampan på bordet. Jag tog ett fast grepp om den och var just på väg att slänga den mot min motståndare, då varelsen plötsligt försvann. Den löstes upp som i intet. Det var som om den inte hade varit där. Men bevisen fanns kvar. Den blödande kvinnan på soffan och mitt huvud som kändes som om det hade spruckit i bitar.

På stela ben stapplade jag mot min patient och svängde kvinnan på rygg. Med en näsduk torkade jag bort blodet från näsan. Andningen blev igen normal. Jag putsade örat med desinficerat bomull. Jag tog också en ren trasa och tvättade kvinnans ansikte.

Under hela proceduren vaknade hon inte. Jag fasade för konsekvenserna om hon skulle dö. Hur skulle jag förklara det? I så fall skulle jag anses vara skyldig. Jag darrade av nervositet. Jag putsade ännu näsborrarna med bomullstussar och fick bort allt levrat blod.

Efter en stund slog kvinnan upp ögonen och undrade var hon var.

"Kommer du inte ihåg någonting", frågade jag lättad.

"Nej, inget alls. Vad har jag berättat? Jag kommer inte ihåg någonting."

"Hur känner du dig", frågade jag oroligt.

"Mitt huvud värker och ryggen är sjuk. Näsan är också öm. Det känns som om jag har gått in i en vägg." Hon skrattade nervöst och jag gav henne ett skamset flin. Jag visste inte vad jag skulle säga. Sedan kom jag ihåg hennes tidigare berättelser och upprepade delar av dem.

Jag avslutade: "Så du ser, det är det samma gamla vanliga. Inget att oroa sig för." Jag undvek skamset hennes blick och drog till med en nödlögn mera för att lugna mig själv än henne. "Varelserna vill dig inget ont." Jag skuffade soffan mot väggen för att ha något att göra. "Jag vet inte varför de hemsöker dig. Du är inte den enda som ser dem. Jag skulle inte lägga så stor vikt vid det. Ju fortare du glömmer kontakterna desto bättre. Koncentrera dig på att leva ett fullt liv. Låt varelserna återgå till skuggorna, dit de hör hemma." Jag vred nervöst händerna och vägrade fortfarande möta hennes blick.

Du är en dålig lögnare, tänkte jag. Men kvinnan nickade, trots att jag såg en viss tvekan i hennes rörelser.

"Skedde något speciellt just nu", frågade hon.

Jag skakade långsamt på huvudet och sa: "Nej, inget speciellt. Hurså?" Samtidigt kunde jag inte låta bli att kasta en orolig blick mot hörnet, varifrån varelsen hade dykt upp. Det var som om jag var rädd för att dörren till det okända skulle öppna sig igen. Men det var bara jag och kvinnan i rummet.

Hon tog min utsträckta hand. "Jag känner mig så yr. Inte alls så som jag brukar känna mig efter era behandlingar. De brukar ha en så lugnande inverkan. Men inte idag. Det känns som om något speciellt hände denna gång. Är doktorn säker att inget ovanligt skedde?"

45

"Nej", sa jag bestämt. "Allt är bra. Vi ses om två veckor. Samma dag, samma tid. Passar det?" Jag visste dock att det inte skulle bli en ny mottagningstid. Jag skulle inhibera den senare. Jag vågade inte utsätta kvinnan för nya risker. Varelserna hade blivit hotfulla. Jag och alla mina patienter befann oss plötsligt i stor fara. Vad skulle jag göra? Jag hade inget svar.

"Kan doktorn ringa efter en taxi", bad kvinnan. "Min man kan inte hämta mig idag, han måste arbeta. Han är borta hela veckan. Ett stort byggnadsprojekt i Sevilla."

"Har du någon som bor hos dig, medan han är borta", frågade jag oroligt. Jag ville inte att hon skulle vara ensam så snart efter den märkliga incidenten vi råkat ut för. Fall från också låga höjder kunde leda till svåra komplikationer i ett senare skede.

"Nej, men jag kan ringa min väninna, om doktorn vill det. Hon kan bo hos mig ett tag."

"Ja, gör det", sa jag enträget. "Särskilt då ni verkar så yr och förvirrad just nu. Det är säkert ingenting, men jag skulle må bättre om jag visste att ni var i goda händer. Ring en läkare om ni inte känner er bättre i morgon. Bra så?"

Kvinnan gav mig ett snällt leende. Jag ringde efter en taxi och tillsammans väntade vi i tystnad på att den skulle anlända. Jag ville inte fortsätta vår konversation av rädsla för att avslöja mig och hon fick tydligen annat att tänka på, då hon läste ett textmeddelande på sin telefon.

"Ring din vän genast", sa jag som avskedsord, då hon satt i taxin. Hon vinkade halvhjärtat, redan borta i egna tankar, och det var det sista jag såg av henne på mycket länge. Men jag skulle möta henne senare på ett

46

sätt som var lika oväntat som oönskat för oss båda. När jag senare tänker på hypnosen undrar jag om jag då hade kunnat göra något annorlunda för att undvika det som senare hände.

Men jag kan inte komma på något.

Allt verkar ha sin gång mot det oundvikliga.

7

Jag drabbades av panik den kvällen. Jag kröp ihop i ett hörn och vågade knappt röra mig. Till slut föll jag i djup sömn och vaknade tidigt på morgonen stel och styv i lederna. Inga varelser hade dykt upp under natten och jag var tacksam för det. Men de följande dagarna gick jag som på nålar och hoppade till för varje skugga och alla mörka hörn jag såg.

Jag kom ihåg Dantes ord från Inferno: "På mitten av min levnadsväg det hände att skrämd jag fann mig i dunkel skog, där jag inte mera rätta vägen kände. Jag känner än den skräck som mig betog. Inte mycket bittrare kan döden vara." Det var exakt så jag kände mig.

Men varelserna höll sig borta. Jag fick sova lugnt på nätterna och på dagarna var jag upptagen med att avboka mina mottagningstider. Jag tog nämligen varelsens uppmaning på allvar. Detta var första gången en av dem hade varit så uppenbart våldsam mot mig. Jag ville inte veta konsekvenserna om jag inte lydde.

Avbokningarna smärtade mig mycket, eftersom många av mina patienter hade uppenbart fått tröst och stöd av att mina ord. Men några veckor senare visste jag att jag hade gjort det enda rätta. Det skedde en kväll då jag tittade på tv. Jag följde inte med vad som hände i filmen, men det var en förströelse jag behövde just då. Då hände det. Jag blev kidnappad.

Jag hade aldrig blivit kidnappad förut. Varelserna hade alltid kontaktat mig i mitt hem under varierande tider på dygnet och kommunicerat med mig där. Men företeelsen var inte obekant för mig. Många av mina patienter hade berättat hur de blivit kidnappade mot sin vilja och förda till olika platser. För det mesta fördes de till flygande föremål uppe i skyn men vissa reste så långt som till främmande solsystem och planeter ingen av oss hade hört talas om.

Denna gång var det alltså min tur. De var sex stycken. Småväxta och gråa varelser med en hud så tunn att jag tydligt kunde se blodådror och muskler på deras seniga armar. De fick mig att bli lika stel som vanligt och plötsligt svävade jag i luften. Det krävdes ingen styrka alls från varelsernas sida. Det kändes som om jag tvingades använda min egen energi för att sväva upp på rygg och ut.

Jag kom ut på bakgården. Hur jag kom dit visste jag inte, dörren öppnades inte och inte svävade jag ut genom ett öppet fönster heller. Fönstren var dessutom alltid stängda, eftersom vi hade en av de svåraste myggsäsongerna på länge.

Mina patienter berättade ofta om liknande upplevelser. De påstod att de flög rakt genom väggar och murar. Jag trodde det var rena fantasier, men nu upplevde jag det själv. Fysiska hinder betydde inget för varelserna. De kunde ändra på tid och rum om de ville.

Jag såg inte marken under mig men jag befann mig inte högt ovanför den, eftersom jag såg olivträden bredvid mig och stjärnorna blinka högt uppe i skyn. Men synen skymdes av ett stort cigarrformat objekt.

Skeppet, som såg ut som en zeppelinare men var mycket större, svävade kanske några hundra meter upp i luften. Avståndet var antagligen längre, eftersom resan dit upp verkade ta så lång tid. Men igen, min uppfattning om denna svävan upp i det blå, fördunklades av att jag var livrädd hela tiden. Jag spände mig så hårt att jag hade muskelsmärtor flera veckor efteråt.

De sex varelserna svävade bredvid mig hela vägen. Det såg så komiskt ut att jag nästan hade lust att skratta. Men glädjen förbyttes snabbt i djupt allvar, när jag fördes in i skeppet och såg den stora salen. Där fanns massor av britsar och på dem låg människor helt nakna. Varelser rörde sig runt britsarna, det såg ut som om det fanns flera team som undersökte människorna. Varelserna petade på offren med olika instrument och injekterade vätskor i deras kroppar. Nålarna var långa och sylvassa.

En man vaknade under proceduren och öppnade sin mun för att skrika, när en nål stacks in i hans öra. Men inget ljud kom ut. Det var ett tyst skrik och just därför än mera skrämmande, eftersom jag såg mannens vilda skräck i ögonen och händernas hjälplösa reaktioner. Han skrek och skrek och skriket gick rakt igenom mig men allt lika tyst som tidigare.

Snart är det min tur, tänkte jag och tittade instinktivt runt i hopp om att hitta en flyktväg. Det fanns flera obevakade öppningar i salen, men när viljan och förmågan att röra sig saknas har flyktvägar ingen betydelse. Jag svävade som paralyserad och väntade bara på nästa steg. Jag hoppades det skulle ske snabbt och smärtfritt. Men med det tysta skriket i färskt minne hade jag föga hopp om att få en annorlunda behandling.

Men jag spändes inte fast vid en av britsarna. Jag fördes, ja jag säger hela tiden att jag fördes, även om jag tog mig dit för egen maskin, för den fria viljan fanns inte där. Ändå svävade jag rakt genom salen, såg många plågade ansikten men också människor som var lugna och fridfulla. Det var som om varelserna ville visa mig något. Vad de kunde åstadkomma? Budskapet var i så fall tydligt. Det skrämde livet ur mig. Hjärtat klappade så våldsamt att det måste ha hörts vida omkring.

Tydligen såg mina sex följeslagare min oro och förde mig in i ett tomt rum. Det var vitt och sterilt, inga möbler, bara en mörk glasruta på ena väggen. Jag stirrade på rutan som för att se vem som fanns bakom den. För jag kände instinktivt att det fanns någon på andra sidan. Någon som stirrade lika intensivt tillbaka.

Vad vill dessa galna varelser, tänkte jag. Det fanns inget vett bakom detta. Vi var intressanta studieobjekt, så mycket förstod jag, men till vilket syfte. Hittills hade jag inte sett någon mening med kontakterna eller med undersökningarna av den typ som försiggick i den närbelägna salen. Och varför ville de visa mig detta? Jag hade helst levt utan denna erfarenhet, tänkte jag.

I samma ögonblick blixtrade den svarta rutan till. En suddig gestalt syntes, försvann och syntes igen men hela tiden mycket blekt. Det var en längre varelse än de små som hade fört mig till skeppet. Det hördes inget ljud. Det påminde om en satellitsändning långväga ifrån och med dåliga förbindelser. Varelsen verkade ha förstått mina tankar, eftersom han signalerade att jag är en av de utvalda. Samma skit som förut, tänkte jag. Det här har ingen betydelse, det varelsen säger är inte sant, det här är bara en mardröm.

50

"Nej det är det inte", fick jag till svar. "Ju fortare du erkänner det ju snabbare kan vi gå vidare. Du vill väl hjälpa dina medmänniskor?"

Där fanns den, människans svaga punkt. Vi vill hjälpa varandra. Jag lade inte märke till dylika känslor hos varelserna. De var flockdjur som vi, men visade inga känslor för varandra utan reagerade kyligt och likgiltigt på allt i sin omgivning. Men kanske var de inte djur, när allt kom omkring. De betedde sig som robotar, som hade skickats iväg på ett uppdrag.

Vad ville de? Jag ställde frågan, åtminstone tyckte jag att jag gjorde det, men jag kommer inte ihåg att jag öppnade munnen och uttalade den högt.

Varelsen svarade inte på en lång stund. Sedan lät han mig förstå att det var för tidigt för sådana frågor. "Men vi är ett och samma", sa han. För jag fick intrycket att detta var en han. Jag hade aldrig haft kontakt med kvinnoliknande varelser, även om sådana också fanns enligt mina patienter. "Ni är en del av oss och vi är en del av er."

Vad menade han? Är vi av samma ras. Det är ju löjligt. Vi är komplett annorlunda, tänkte jag. Jag våndades. Fanns det något jag förträngde? Något som var fördolt i den mörka delen av mitt medvetande? Det kändes som om jag balanserade på själens yttersta kant. Under mig låg stora vidder som var totalt okända. Varken självstudier, hypnos eller biologi kunde tränga ner i de djupen. Vi människor vet så litet om varför vi existerar. Vi känner bara till det lilla som vi valt att avslöja om oss själva.

Var vi människor vad vi tycktes vara? Eller hade vi en annan uppgift i en annan värld? Kom varelserna från denna andra värld? Var de på ett märkligt sätt våra släktingar? Eller kom de från framtiden? Skulle människan utvecklas i denna riktning? Bli varelser som reste i tid och rum?

Var vårt liv här på jorden bara ett skuggspel, oväsentligt för den verkliga sanningen om oss? En sanning som vi hade förträngt? Och nu kom varelserna för att påminna oss om den? Eller var detta bisarra möte bara ytterligare en scen, där vi deltog som blinda skådespelare. För blind var jag, det erkände jag villigt. Det som varelsen påstod övergick mitt förstånd. Men jag fick en sorts bekräftelse på min aning att varelserna var verkliga och att de inte kom från en annan planet. De fanns här på jorden mitt bland oss. Hade alltid funnits här, ibland synliga men för det mesta osynliga. Och skulle alltid finnas?

Men detta var annorlunda än forntida sagor om troll och älvor. Nu handlade det om en kränkning av människans fria vilja, om närgångna och smärtsamma undersökningar av kropp och hjärna, om dystra manipuleringar av det mänskliga sinnet. Detta var grovt våld och inget vänskapligt bemötande. Vad betydde dessa bortföranden?

Förstod varelserna hur mycket illa de gjorde? Jag ställde också den frågan. Det verkade som om varelsen i rutan inte förstod frågan men sedan sa han kort: ”Vi är här, ni är här, så är det.”

Han försökte inte ens ge sken av att förstå min kommentar. I hans värld hade den uppenbarligen inget värde.

”Om ni inte förstår oss, hur ska vi då förstå er”, sa jag frustrerat. ”Ni stirrar på oss, kidnappar oss, undersöker oss. Förstår ni inte hur illa det är?”

"Det har ingen betydelse i sammanhanget. Det viktiga är att ni nu kommit till nästa fas i er psykiska utveckling. Vi har alla en gemensam uppgift. Den uppgiften är bestämd för länge sedan. Vi behöver er och ni behöver oss för att gå vidare."

Jag stirrade förbluffat på varelsen. "Men ni våldför er på oss människor", stammade jag. "Det kan inte vara meningen."

Varelsen tittade bara kallt på mig med sina djupa och svarta ögon. Det syntes inte ett skymt av medlidande någonstans. "Det som ska ske, måste ske", sa han bara korthugget.

En befängd men ändå vettig tanke slog mig. "Är ni våra egna döda", frågade jag. "Är vi ett första stadie i vår utveckling och ni döda en annan art, lika oförklarliga för oss som vi är för er? Har ni gjort ett genombrott i tekniken och lyckats bryta igenom era gränser? Till andra parallella världar? Vår?"

"Struntprat", sa varelsen. "Vi är inte lika på det sättet. Vi är något helt annat, som jag inte kan förklara för dig ännu. Tids nog, men inte nu."

Jag kunde ändå inte släppa tanken. Kanske hade främlingarna utvecklats ur vårt eget medvetande och nu tagit faktisk, fysisk form och trätt fram för att hemsöka oss. Kanske våra medvetanden skapar sin egen verklighet. Men jag insåg hur fel resonemanget var. Det förklarade inte alla de besök som gjorts ända sedan tidernas begynnelse. Vår planet hade alltid blivit hemsökt av dessa främmande varelser. Utseendet på dem varierade från tid till tid men sättet var alltid detsamma. Och de skrämde livet ur oss.

Och här fanns nu resultatet. Trots årtusenden av otaliga kontakter förstod vi dem lika litet som de förstod oss. Kanske var det inte meningen att vi skulle förstå varandra. Om vi kom från olika världar var det lika bra, tänkte jag. Låt oss skilja oss åt. Ni försvinner till er värld och vi fortsätter med vår. Var och en skilt för sig.

Varelsen blev synbart upprörad över mitt resonemang. Han viftade inte argsint med sina seniga smala armar men jag förstod signalen ändå. Jag slängdes plötsligt baklänges och slog huvudet i en vägg. Men det var ingen hård vägg, den var elastisk och gav efter. Ändå gjorde det ont. Det var som om jag hade fått en elektrisk stöt. Mitt huvud och mina armar och ben värkte oerhört och jag hade stora svårigheter att kravla upp igen. Helst hade jag legat där och somnat för att igen vakna upp i min säng, långt borta från denna mardrömsliknande tillvaro.

I samma stund slogs jag av sanningen. Den drabbade mig som ett slag i solar plexus. Jag förstod att varelserna aldrig skulle lämna oss i fred. Hur skulle det då gå för oss? Jag hade ingen aning hur detta skulle sluta. Hur det än var så verkade människorna befinna sig på förlorarnas sida.

Varelsen hörde mig igen. "Detta är ingen kamp", sa han. "Vi har samma mål. Och vi måste göra det tillsammans."

"Med våld uppnår ni ingenting", svarade jag. "Har ni inte lärt er något av människorna under alla dessa tusentals år?"

"Det vet jag inget om", kom det snabba svaret. "Nu är nu och då var då. Allt det som hänt tidigare måste ske så som det skedde för att komma fram till det nuvarande. Allt hänger ihop och det som nu sker måste fortsätta."

"Du låter som en amatörfilosof", sa jag cyniskt och väntade igen på en stöt som slängde mig i väggen. Men det kom ingen. I stället upprepade varelsen bara koncist: "Det som sker måste fortsätta. Vi återkommer."

Därefter blinkade skärmen till och varelsen försvann ur bild. Jag stirrade förbluffat på den mörka glasrutan. Var detta ännu en overklig upplevelse? Mitt värkande huvud och mina styva muskler och leder visade dock på ett påtagligt sätt att kontakten hade varit verklig och igen ytterst smärtsam för mig.

Mina följeslagare förde mig tillbaka. Den stora salen var nu tömd på människor och varelser. Kvar fanns bara en rutten och unken lukt, som fick mig att hålla andan. Ändå var det som om den vämjeliga lukten trängde in i varje por. Den fick mig att må så dåligt att jag inte kom ihåg mera av resan ner från skeppet. Jag föll i en djup sömn och vaknade följande morgon på min soffa med tv-apparaten fortfarande på. Morgonnyheterna tutade ut sedvanliga mänskliga åtaganden men rapporterade förstås inget om min och mina gelikars banbrytande upplevelser från föregående kväll. Den nyheten skulle ingen någonsin rapportera.

8

Jag funderade på de många beskrivningarna av varelserna som insektslika. Det stämde inte. Deras utseende var faktiskt mer mänskligt än så. De hade inga tentakler, inga vingar, inget myller av ben. Visst var de smala och rörde sig på ett ryckande och stelt sätt som påminde om insekter. Det och deras enorma, svarta

55

ögon. Ändå fick jag intrycket att de påminde mera om oss människor än om insekter.

Tänk om intelligens inte var kulmen på utvecklingen utan något som kunde uppstå på olika stadier, precis som varelsers olika fysiska attribut. Kanske var varelserna på många sätt primitivare än vi men ändå överlägsna när det gällde intelligens.

Kopplingen till insekter kunde komma sig av att de verkade ha ett gemensamt intellekt. Varelserna hade mindre variation från individ till individ än hos oss, med mindre enskild medvetenhet och frihet. Men tillsammans överglänste de oss på alla nivåer.

Om de tillhörde en form av insektssamhälle kanske de kommunicerade med en komplicerad blandning av ljud, rörelser, lukter och metoder som var okända för oss. Ett sådant intelligent samhälle skulle vara mycket starkt, även om dess individer är begränsade till både styrka och förstånd. Kanske var varelserna ett enda stort intellekt, som tänkte bra men långsamt. Det skulle förklara varför de var så försiktiga i sitt umgänge med oss.

Hur som helst kom jag till insikten att universum var inte bara sällsammare än jag anade, det var sällsammare än jag någonsin kunde föreställa mig. Någonstans inom mig fanns dessutom en stilla övertygelse om att det på jorden har funnits civilisationer långt före den sumeriska. Dessa minnen var mer instinktiva än konkreta.

Risken fanns alltså att varelserna var en äldre livsform från dessa civilisationer och som uppfattade nutida människan som ett hot mot deras tillvaro. Eller hyste de förhoppningar om att hålla oss fångna här eller något ännu värre? Nej, så kunde det inte vara.

Visst, varelserna betedde sig hotfullt, men de verkade stränga snarare än fientliga. Jag hade också fått uppfattningen att de var en smula rädda för mig.

Var det ändå så att varelsernas framträdande i mänskligt medvetande representerade livet eller universum självt, inbegripet i en djup skapelseprocess? Det som varelsen antydde. Vi visste ju mycket litet om universum och om livets utveckling. Än mindre visste vi varför intelligent liv hade utvecklats på denna planet.

Därför var det troligt att intelligent liv fanns också på annat håll i universum. Och det framkallade en skrämmande tanke. Det fanns troligen andra former av intelligens. Intelligenser som vi inte förstod och som inte förstod oss? Var universum fullt av parallella tankar som aldrig skulle förstå varandra trots otaliga trevande kontakter? Hörde varelserna till den sistnämnda kategorin? Det skulle i så fall förklara mycket. Men det gav inget svar på frågan om vi kunde närma oss varandra. Kunde vi förstå varandra? Ha en gemensam agenda? Samarbeta?

Det lät så främmande och så omöjligt. Mina tankar började dessutom få så skrämmande proportioner att jag slutade tänka. Jag måste ta en paus från allt detta och syssla med något annat som rensade hjärnan. Så jag började städa och gjorde det extra noga. Därefter gick jag till butiken, köpte frukt och grönsaker och salta nötter. Jag köpte också en lång Apfelstrudel för kaffet. Den innehöll för många kalorier, men jag misstänkte att jag skulle behöva extra energi de närmaste dygnen.

Varelserna skulle återkomma. Det hade varelsen i rutan sagt. Och jag hoppades att jag då skulle vara beredd på det värsta. Något gott kunde i alla fall inte komma av detta, tänkte jag.

Jag fick vänta en vecka. Följande kontakt skedde en natt, då jag just hade fallit i en drömlös sömn. Några svårigheter att få sömn hade jag inte haft under veckan trots mitt uppjagade tillstånd. Ända sedan barnsben hade jag haft denna förmåga att koppla av då det verkligen behövdes.

Jag fördes igen till det stora cigarrformade skeppet. Salen var som tidigare full av aktivitet. Stackars människor, tänkte jag, då jag passerade de nya offren på britsarna. Varelserna, som hade hämtat mig, stannade vid en brits. Jag hajade till då jag kände igen försöksoffret. Det var kvinnan, som hade varit min sista patient. En lång slang hade stoppats in i hennes mun. Slangen var kopplad till en fyrkantig apparat, som surrade svagt bredvid britsen. Hon matades med något med jämna mellanrum. Eller tog varelserna ut något? Jag hade svårt att bedöma det, det enda jag såg var att någon form av vätska passerade i slangen med jämna mellanrum.

"Vad gör ni med henne", frågade jag men fick inget omedelbart svar. Vi stod bara en lång stund och tittade på kvinnan och slangen som pulserade i hennes mun. Det såg så komiskt ut men var samtidigt det mest skrämmande jag sett. Varelserna kan göra vad som helst mot oss, tänkte jag. Vad som helst.

"Vår uppgift är att visa henne för dig", svarade en av varelserna slutligen. "Vi har ingen annan uppgift här."

Jag bet ihop tänderna och beslöt att hjälpa kvinnan. Jag ville rycka loss slangen, men jag var lika orkeslös som under tidigare närkontakter. Mitt mod sjönk. Det enda jag kunde göra var att stilla betrakta kvinnans ansikte. Det visade emellertid inga tecken på oro eller smärta. Bara ibland ryckte en av ansiktsmusklerna till. Jag förstod inte vad vätskan i slangen betydde, men uppenbarligen förorsakade den inget besvär för kvinnan.

Jag fördes vidare till samma rum som tidigare. Mina följeslagare lämnade mig denna gång ensam och jag väntade på att glasrutan skulle vakna till liv. Jag undrade om jag verkligen betraktade en glasruta eller var den bara en symbol för något helt annat. Kanske visade varelserna rutan så att jag skulle förstå deras budskap bättre.

Jag fick vänta länge. Men jag hade ingen brådska. Eller snarare verkade varelserna inte ha någon brådska. Jag slöt mina ögon och önskade att jag var någonstans långt borta. Medelhavets vita stränder, oj, om jag kunde se dem nu. Och vågorna som rullade in, kanske surfarna med sina surfbrädor var ute just nu och fångade de största vågorna. Det var en lugnande tanke.

Men tankarna avbröts av att glasrutan flimrade. En ny gänglig varelse visade sig. Jag hade inte sett honom förut. Och nu såg jag bara ansiktet i närbild, kroppen var gömd. Men jag antog att denna varelse var lika gänglig som den förra, eftersom jag såg en skymt av ett långt och smalt finger i ena hörnet av rutan. Det såg ut som om varelsen ställde in kameran på något sätt. Men resultatet blev inte så mycket bättre. Bilden bröts emellanåt av vågor och ibland täcktes den helt av störningar.

Ljudet kom långsamt. Det var som om jag hade en liten hörapparat eller en transistorradio i mitt öra. Det surrade och knäppte en stund, varefter rösten hördes klart och tydligt. Om man nu kan kalla det för en röst. Igen var det som om min hjärna på telepatisk väg uppfattade det som varelsen signalerade.

Rösten lät främmande, jag hade inte hört den förut. "Ni måste förbereda er", sa varelsen. "Vi kan inte hjälpa er, vi kan bara varna er."

"Vad betyder det", stammade jag. "Jag förstår inte. Kommer vi att drabbas av någon katastrof? En ny syndaflod?"

"Jag förstår inte vad du menar med syndaflod", svarade varelsen. "Detta har inget med vatten att göra. Ni förstår inte vad som kommer att drabba er. Det här gäller er framtid. Vi kan inte rädda er. Räddningen är upp till er själva. Bara du och kvinnan kan göra något åt det."

"Jag och kvinnan", stammade jag igen. "Hon ute i salen?"

"Ja", löd svaret. "Hon får den kunskap som krävs för att motstå det onda."

"Vadå, onda", hickade jag. "Är någonting på väg från rymden som kommer att utplåna oss?"

"Ni förstår så litet", suckade varelsen.

Åtminstone lät det som en suck. Men det var kanske bara min egen tolkning av situationen. Varelserna brukade inte visa känslor. Men varelsen i rutan var uppenbarligen trött på mig.

"Ni är varnade och kvinnan har fått kunskapen", upprepade varelsen. "Det finns något som är på väg. Något ont och ni måste vara beredda på det."

"Vad då", frågade jag. "Varifrån?"

"Universum består av motpoler", förklarade varelsen. "Svart och vitt. Nytt och gammalt. Födelse och död. Gott och ont. Det sker ständigt en kamp mellan alla dessa motpoler. Och om något element får överta-get rubbas balansen i universum. Och det får inte ske. Det måste alltid finnas en balans. Annars kan univer-sum inte existera. Och inte er värld heller." Varelsen höll en kort paus, varefter han tillade långsamt: "Och inte vår heller."

"Så om vi räddar vår värld, räddar vi också er", konstaterade jag.

"Ja", medgav varelsen motvilligt. "Ni måste välja sida. Bete er rätt denna gång, inte som era förfäder."

Jag ignorerade hänvisningen till det som uppenbart avsåg våra tidigare civilisationer. I stället frågade jag: "Vem är på väg? Och vad kan vi göra?"

"Vad, inte vem", korrigerade varelsen. "Det som kommer är inte av denna världen. Det vill rubba balan-sen och förstöra allt, också det som ni kallar univer-sum. Men existensen är så mycket större."

Varelsens röst sjönk en aning och jag var tvungen att anstränga mig för att höra vad han sa. "Ni kommer aldrig att förstå", sa han. Och så mumlade han igen: "Existensen är så mycket större, så mycket större."

"Vad kan vi göra", upprepade jag. "Säg mig det och jag lovar att vi gör vad vi kan."

"Ni har så mycket att lära er", konstaterade varelsen missmodigt. "Det enda vi kan göra är att ge kvinnan kunskapen. Resten är upp till er. Resten..."

Sändningen bröts. Jag hörde igen orden "välj sida". Därefter bara tystnad. Varelsen återkom inte och jag var ensam i rummet. Jag kände mig hjälplös och utmat-tad. Jag hade lust att sjunka ihop och glömma allt det som skett. Men jag hade som vanligt ingen fri vilja. Jag var för ögonblicket i varelsernas våld. Jag väntade på att de små varelserna skulle komma och hämta mig.

När så skedde, frågade jag: "Vad händer nu?"

"Ta kvinnan med dig", löd svaret. "Resten är upp till er."

"Men vad ska vi göra?"

"Kvinnan vet", löd svaret.

"Men om hon inte kommer ihåg det eller kan förklara. Jag måste också få veta. Varför får jag inte det?"

"Ni kommer att veta vad ni ska göra, när tiden är inne", svarade en av varelserna. "Vi har öppnat kvinnans medvetande så att hon ser mera än du. Hon kan nu passera gränsen om hon vill. Om hon väljer att göra det rubbas existensens grundläggande villkor. Och då ändras allt. Men om hon inte passerar gränsen utan gör det ni bör göra och ni kan hindra det som är på väg att ske kan allt förbli som det är."

"Men varför kan inte ni göra det", stammade jag. "Ni vet mera, ni kan mera, varför inte ni?"

"Vi existerar inte på samma plan som ni. Det som kommer finns i er värld och bara ni kan stoppa det." Varelsen vände sig mot mig och tillade utan att visa några som helst känslor: "Om ni väljer att göra det."

Jag förstod att det var en vädjan, inte bara ett enkelt känslokallt yttrande. Detta var mera än en varning.

Kvinnan stod och väntade på oss, då vi kom in i salen. Hon sov. Jag tog hennes hand och tillsammans fördes vi ner till mitt hus.

Varelserna lämnade oss med orden: "Välj sida."

Samma ord som varelsen i glasrutan hade yttrat. Var detta närkontakternas egentliga orsak och syfte? Att förbereda oss för ett möte med något ont. Något som skulle rubba all existens? Inte bara i vårt universum utan i alla angränsande världar, såväl i de synliga som i de icke-synliga?

Yr av alla tankar, föll jag i sömn. Min sista tanke var att morgondagen förhoppningsvis skulle kasta ljus över det som skett. Kunde jag lita på varelserna? Varningen lät så allvarlig och övertygande, men ändå. Min erfarenhet av närkontakterna hittills hade varit så negativ. Allt var bara lögn, förbannad lögn. Eller hade jag tolkat varelserna helt fel?

Jag hoppades att kvinnan, som låg på soffan i mitt mottagningsrum, visste svaret. Om inte, gud hjälpe oss, bad jag. Även om jag visste att det inte fanns någon gud. För om det fanns någon, så hade han stoppat dessa meningslösa närkontakter för länge sedan. I ett förnuftigt och planlagt universum kunde det inte vara meningen att vi skulle se och höra varelserna.

9

Jag vaknade av skramlande ljud från köket. Jag drog snabbt på mig kläderna. Kvinnan, som hette Marguerite, lagade frukost. Hon stekte ägg som om det var den naturligaste sak i världen.

Jag tittade skamset på henne. "Det var meningen att jag skulle göra det där."

Hon ryckte på axlarna. "Jag vaknade först och hade inget annat att göra. Dessutom är jag hungrig."

Jag märkte att jag själv var utsvulten och slog mig ned vid bordet.

"Jag stekte äggen på båda sidorna om det passar", sa hon.

"Visst, visst", svarade jag och tog ett bröd och bredde på ett tjockt lager margarin. Jag tuggade en stund i tystnad och funderade intensivt. Gårdagens

63

händelser måste gås igenom men jag visste inte hur jag skulle börja. Tänk om kvinnan inte kom ihåg vad som hade hänt. Eller om vi hade upplevt olika saker. Situationen var så bisarr att jag varken visste ut eller in. Och dessutom detta att vi nu satt och åt frukost tillsammans. Vad skulle hennes man tänka?

Jag öppnade min mun för att säga något, men hon hann före som om hon hade läst mina tankar. "Min man är fortfarande borta på sitt jobb i Sevilla. Och det gör ändå ingen skillnad. Vi har mer eller mindre separerat, är tillsammans alltmer sällan nuförtiden."

"Jasså", mumlade jag och tittade skamset ner på tallriken.

"Och efter det som hände i går vill jag inte åka hem till ett tomt hus."

Jag slog upp blicken. "Så du kommer ihåg vad som hände?"

"Ja, jag såg dig. Nej, det är inte sant... jag kände din närvaro." Hon tvekade. "Det är så svårt att förklara. Jag vet att du var där, men jag såg dig inte. Visst var du där?"

"Ja, och jag vet, det är svårt att förklara. Jag hittar inte själv ord för det. Jag har inte haft upplevelser av det här slaget med någon annan förut. Vad kommer du ihåg?"

"Vi har ett uppdrag", svarade hon. "Och vi har inte mycket tid på oss."

Jag tittade förbluffat på henne. "Vi? Jag hoppas du skämtar."

"Nej, det här är allvar. Varelserna var så angelägna och jag tror dem."

"Hörde du samma som jag hörde?"

"Jag tror det. Vi fick samma uppmaning i alla fall."

64

"Att göra något? Något viktigt?"

"Ja."

"Vad då?"

"Vi ska stoppa en terroristcell i Valencia."

Jag fick brödet i halsen och stammade: "En terroristcell? Vi två, på tu man hand? Vi två?" Jag antog att hon insåg det löjliga i situationen. Vi var inga hemliga agenter eller säkerhetspoliser. Terrorister! Nej, absolut inte, jag ville inte bli inblandad.

Hon noterade min tvekan men fortsatte ihärdigt. "Bara vi två kan göra det."

"Men varför gör inte varelserna det själva? De har all makt i världen, vi är ju alldeles utan egen vilja då vi möter dem. De kan ta hand om terroristerna om det nu en gång är så viktigt." Jag sträckte upp min hand för att tysta hennes protester. "Nej, låt bli. Varelserna har plågat oss tillräckligt. Jag tror inte ett ord de säger. Allt är bara lögn och bedrägeri."

"Inte det här", sa hon lågmält. "Tänk efter en stund. Det här är viktigt."

Jag skakade på huvudet, vägrade acceptera hennes ord.

"Du vet", sa hon, "jag är hemma från Nostradamus hemstad, Saint-Rémy-de-Provence. Han har alltid firats som en stor hjälte i min familj. Jag tror han hade rätt, då han förutspådde vad som skulle ske i framtiden. Det var varningens ord, som vi inte tog lärdom av, förrän det var för sent. Och den här situationen är likadan, men nu måste vi reagera i tid."

"Nostradamus", sa jag tvekande. "Han är väl lika opålitlig som alla andra siare."

"Nej", fräste hon, så att brödsmulor flög ur hennes mun. Hon slog med kniven mot bordskivan så hårt att tallriken hoppade. Men hon lugnade sig snabbt och förklarade: "Nostradamus påstods på sin tid kommunicera med andevarelser och fick mycket av sin information från dem. På samma sätt som vi nu."

Jag var på väg att protestera, men såg hur upphetsad hon var och lät bli.

Hon fortsatte: "Det sägs också att han hade ett märkligt slags instrument, som en magisk spegel, där levande bilder från olika platser och tider visade sig likt i en TV-apparat."

Jag kom genast att tänka på glasrutan i det cigarrformade skeppet och varelsens fårade ansikte, som hade skrämt mig så.

Marguerite förklarade: "Många av Nostradamus profetior har visat sig stämma. Han förutspådde många händelser, som på ett genomgripande sätt har påverkat vår historia, allt från andra världskriget, flygande farkoster, Napoleon and Adolf Hitler, till attackerna mot World Trade Center, tvillingtornen i New York."

"Det finns så många tolkningar om Nostradamus profetior", försökte jag säga men Marguerite vägrade lyssna. Hon var inte mottaglig för argument i detta fall, så jag beslöt ge upp.

Hon såg tvivlet i mina ögon och tog min hand. "Tänk om Nostradamus visste och skickade varningar åt kommande generationer. Och tänk om varelserna har rätt? Skulle vi inte då ångra oss bittert om vi inte lyssnade på varningarna och försökte avvärja en kommande katastrof?" Hon släppte min hand och tillade: "Hjälp mig denna gång. Vad har vi att förlora?"

Jag förstod att hon hade bestämt sig och jag kunde inte låta henne bege sig till Valencia på egen hand. Våra öden var sammanbundna på ett oroväckande vis och jag var helt enkelt tvungen att följa henne. Kanske kunde jag få henne att undvika att göra något dumdristigt. Vara en vishetens röst i allt detta vanvett. Jag ångrade mina tankar genast de tumlade om i hjärnan. Marguerite var klokare än så. Detta var inget vanvett, hon behövde min hjälp. Så enkelt var det.

Jag skuffade undan alla tvivel och frågade kort: "Okej, vad ska vi göra? Eller rättare sagt, vad vill du att jag ska göra?"

Marguerite gav mig ett lättat leende. Jag insåg att hon innerst inne hade varit lika osäker som jag men nu fått styrkan att fortsätta.

"Det här gäller inte bara oss. Varelserna är också hotade. Och jag tror dem. Jag vet inte varifrån de kommer men på något konstigt sätt är de sammanlänkade med oss. Vårt öde är deras öde."

"Men varför gör de ingenting åt det själva?"

"Jag ställde samma fråga uppe i skeppet i går kväll. De kan inte. De förmår kontakta personer med ett öppet sinnelag. Som du och jag. Och i begränsad utsträckning kan de också påverka oss fysiskt. Men slutna sinnen kan de inte kontakta. Som fanatikers. Deras själar är förlorade för all framtid. Deras hat är så stort. Varelserna berättade att de har försökt men inte lyckats."

Jag inflikade: "Så allt hänger alltså på oss. Men varför kan vi inte bara anmäla det du vet till polisen. Anonymt om du så vill."

"Det kan vi inte."

"Varför?"

"Polisen är inblandad." Hon skakade uppgivet på axlarna. "Vi kan inte lita på någon."

Mitt mod sjönk. Det som hade börjat med märkliga kontakter och redan i det skedet haft vanvettiga drag blev plötsligt så dystert att mitt sinne förmörkades och jag sjönk ner i en avgrund så djup att jag trodde att jag aldrig skulle ta mig upp igen.

Marguerite fick mig tillbaka till verkligheten. "Jag vet att det låter hopplöst. Men vi måste försöka. Om vi inte gör allt för att avvärja den kommande katastrofen kommer vi aldrig att förlåta oss själva." Hon tittade vädjande på mig och upprepade med svag röst: "Det enda vi kan göra är att försöka. Vi måste välja sida."

De sista orden ekade i mitt huvud. Välja sida. Det hade också varelserna sagt.

Marguerite fortsatte: "Du må tro vad du vill om Nostradamus, men han förutspådde också ett mänskligt tomrum långt in i framtiden, ungefär vid en tidpunkt som denna. En tid då inget händer. Det är som om människorna inte längre existerade. Jorden är tom och öde. Och det vill vi inte att ska ske, eller hur?"

"Men vad har terroristcellen med detta att göra", frågade jag.

"Den kommer att tända eld på jorden. Och när den elden en gång har tänts kan ingen släcka den. Den sprids till världens alla hörn och släcker allt liv."

"Och då hotar det också varelserna", konstaterade jag. "De är med andra ord knutna till denna jord och härstammar inte från andra planeter som de påstår."

"Jag vet inte", sa Marguerite. "Kanske både ja och nej. Kanske fungerar universum på ett sätt, som vi inte förstår. Varelserna finns både nära och är samtidigt långt borta. Det enda jag vet är att jorden inte får bli öde och tom. Och det kan vi förhindra. Du och jag."

Jag tittade resignerat på henne. Jag insåg att ytterligare motargument var bortkastade. "Så, när åker vi?"

"Genast", svarade Marguerite.

"Vi måste tanka bilen först", sa jag. "Vet du vad vi ska göra då vi kommer fram?"

"Inte än, men det klarnar då vi kommer fram. Jag har en väninna i Valencia, Lucia. Hon kommer att hjälpa oss. Jag har redan ringt henne. Hon väntar på oss."

"Kommer vi att bo hos henne en tid?"

"Ja."

"Då måste jag packa, ta mina mediciner och annat."

"Okej, men skynda då. Vi har ingen tid att förlora."

Marguerite skuffade iväg mig till mitt sovrum och tog hand om disken. När jag kom tillbaka med min lilla övernattningsväska i handen, stod hon redan otåligt vid dörren och väntade. Jag snappade åt mig bilnycklarna från skålen i vardagsrummet och så åkte vi iväg. För att garantera människans fortbestånd. Tanken skorrade falskt till och med i mina öron, men jag klamrade ändå fast vid den tolkningen. Den var det enda som fick mig att fortsätta.

En frisk bris från havet på andra sidan fågelsjön fick mig att rysa. Vad hade jag gett mig in på? Jag kastade en blick i backspegeln. För att just ha fyllt femtio såg jag förbluffande ung ut. Om någon hade gissat skulle de ha uppskattat min ålder till trettio-trettiofem. Eventuellt några år äldre. Mitt ansikte var ganska brett med djupa fåror på båda sidor om munnen som om jag aldrig hade lärt mig le. Huden i ansiktet och på armarna var dock mjuk och inte läderartad som hos många andra i min ålder.

Jag hade på mig min favoritskjorta, en röd bomullsskjorta. Vita byxor som smet tätt åt över de muskulösa benen. På fötterna skrikigt röda gummitossor. Färgen passade inte riktigt in i helheten, men de var bekväma och försedda med gelésulor för att ge extra spänst. Som kronan på verket hade jag bytt de vanliga glasögonen till svarta solglasögon.

Jag såg ut som en riktig tuffing.

Men inombords skälvde jag.

Jag hade aldrig varit så osäker i hela mitt liv.

Din galning, sa blicken i spegeln.

Ja, men en galning med ett uppdrag.

10

Det universum vi känner till, och därmed också livet, har uppstått genom att två massiva krafter har samverkat. Ande och materia. Båda är beroende av varandra. Och båda är varandras förutsättningar för att existera. Då detta samband rubbas, rubbas själva existensen. Detta påstod redan de grekiska filosoferna under antiken.

Sambandet är kanske bräckligare än vi vet. Människans tidigaste och nu bortglömda civilisationer kan ha gått under på grund av just sådana störningar. Störningar som lett till massiva katastrofer för livets fortbestånd. Ande och materia har skilts från varandra. För en tid. Livet är nämligen segt och är skapat för att återuppstå gång efter annan.

Allt i universum följer denna övergripande plan. Det fysiska livet byggs upp igen stegvis från minsta lilla organism ända tills intelligent liv så småningom uppstår. Jämsides med detta utvecklas det övernaturliga, det som vi människor borde se som en naturlig del av oss och vår värld men som skrämmer oss, därför att vi inte förstår det. Och varelserna lyckas inte heller förklara det viktiga sambandet. Antingen vill de inte eller, hemska tanke, förstår inte heller de sammanhanget.

Ande och materia kan förmodligen också existera skilt var för sig. Men tillsammans skapar de något unikt, som antagligen inte finns på många håll i universum, trots att vetenskapsmän påstår motsatsen. Riktigt liv, där ande och materia samverkar som på jorden, är sällsynt och därför värt att bevara.

Anden manifesterar sig ibland för oss och kan anta olika skepnader. Dessa övernaturliga väsen utvecklas förmodligen så som fysiskt liv utvecklas och är lika komplexa som de fysiska motsvarigheterna. Därför varierar också dessa väsen både till utseende och till beteende.

Varelserna är våra kontraster. Våra liv är fulla av motsatser. Mörker och ljus, den eviga kampen mellan gott och ont, glädje och sorg, liv och död. Varför skulle inte då också alla fysiska livsformer kunna ha en icke-fysisk motsvarighet någonstans? Detta är förmodligen förutsättningen för att balansen i universum upprätthålls.

Varde ljus. Och det varde ljus. Så började det. Det eviga mörkret fick sin motsvarighet i ljuset och världen förändrades för alltid. Utveckling kunde ske först när en kontrast uppstod. Motsvarigheten var en förutsättning för att liv som vi förstår det skapades. Före det hände ingenting.

Den Big Bang eller Stora Smäll vi talar om, den viktiga tidpunkt, då universum började expandera och utvecklas var förmodligen det skeende då ande och materia förenades. Kanske sker detta med jämna mellanrum i ett pulserande universum. Materien praktiskt taget nyskapas regelbundet. I ett evigt kretslopp.

Universum är förmodligen ett gigantiskt laboratorium. Experiment pågår hela tiden på olika platser och ande och materia kan förena sig på olika sätt. Vi människor är bara ett av dessa experiment. Var då varelserna laboranterna, de som experimenterade med oss? Jag trodde inte det. Vi var jämbördiga i det avseendet.

Vi människor är förmodligen varelsernas motsvarighet i en annan dimension. Och jag tror de förstår detta. Men varför säger de inte det då? Varför alla dessa skrämmande närkontakter? Varför inte bara säga det rent ut? Bekräfta sambandet. Det skulle åtminstone vara en början.

Problemet var kanske bristen på fakta. Det vi kan se och bevisa är fysiska detaljer, ett fysiskt universum, som har existerat en mycket lång tid. Och det enda vi vet om universum är att det är ytterst komplicerat och att denna komplexitet har utvecklats sakta under långa perioder. Det verkar som om universums arkitekt har byggt ett avancerat laboratorium för dramatiska och underbara skeenden.

Vi vet att livet på jorden började med primitiva encelliga organismer. Först var de likadana men snart fanns det tusentals olika. Varför? Encelliga organismer blev flercelliga. Varför? Och i ett tidigt skede uppstod en avgörande detalj, de båda könen. Alla biologer är ense om att uppdelningen i två kön skedde för att åstadkomma en större mångfald och möjliggöra ännu bättre utvecklingsmöjligheter.

Kanske låg svaret här. I det skedet kan man nämligen säga att naturen formligen exploderade av experiment. När de två könen arbetade tillsammans producerade de en organism, som hade ärvda egenskaper men den var också unik. Den var starkare, mera uthållig, hade bättre överlevnadsförmåga. Och det föreföll som om livet hade detta övergripande mål: en ständig utveckling mot det bättre.

Men varför då dessa skuggestalter, varelserna? Räckte det inte med den fysiska världen? Eller låt oss säga de fysiska världarna. För det måste finnas liv också på annat håll i universum än på jorden. Var parallella världar en ytterligare dimension av komplexiteten? Ibland var de synliga och ibland var de osynliga för oss människor? Varför?

Varför måste komplexiteten öka? Och varje utvecklingsskede på jorden hade dessutom tagit plötsliga steg framåt. Ibland togs till och med gigantiska hopp som utvecklingen av intelligent liv. Bland jordens alla organismer var människan den mest unika. Men människan uppkom sent, under de sista sekunderna, om man drog ihop livets existens på jorden till en enda dag.

Hur skulle följande utvecklingsskede se ut? Och vad var meningen med alla dessa experiment? Och om meningen var att vi skulle vara intelligenta, varför då alla dessa oförklarliga mysterier? Var det för att vi inte skulle ställa till oreda? Inte blanda oss i evolutionen? Vi var inte arkitekterna, bara passiva åskådare. Eller kanske inte helt passiva. Vi hade en roll att spela liksom allt annat liv, men endast i en begränsad omfattning. Om vi gick över gränserna sattes vi på plats. Hade våra

73

äldsta och nu bortglömda civilisationer drabbats av detta öde? Blivit straffade för sin olydnad?

Under resan till Valencia brottades min hjärna med dylika existentiella och kosmologiska frågor utan att få svar. Frustrerad försökte jag väcka en diskussion med Marguerite, men hon verkade vara borta i sina egna tankar. Jag kände mig utlämnad åt hennes godtycke, men jag bet ihop tänderna och fogade mig i mitt öde. Tids nog skulle jag få veta vad hon visste. Hoppades jag.

Jag öppnade bilfönstret på glänt. Det blåa Medelhavet låg mycket nära nu. Jag såg glimtar av det öppna vattnet nu och då mellan kullarna. En välbekant stickande känsla kom över mig, när jag andades in den behagligt rena havsluften och för min inre syn såg jag de skummande bränningarna slå upp mot stränderna. Av någon oförklarlig anledning lockade de mig allt närmare.

Jag behövde tid att tänka och svängde därför av motorvägen och tog kustvägen i stället. Marguerite protesterade men jag vägrade lyssna. Detta var mitt beslut. Jag ville plötsligt känna närheten till havet. Ett märkligt minne kom över mig. Det första mötet med Marguerite. Först nu kom jag ihåg det alldeles tydligt.

Det var första gången hon hade blivit hypnotiserad och jag fick henne att i trans återberätta det hon upplevt. Det var en av de mest detaljerade beskrivningarna av en närkontakt jag hade hört. Jag hade ingen orsak att betvivla hennes berättelse. Hon hittade inte på det. Allt det hon berättade var nämligen nytt också för henne själv. Det fanns inget inövat i hennes stämma. Skräcken blandad med förtjusning och förvåning var genuin.

Jag kom ihåg detaljerna i vårt samtal, Marguerites tonfall och gester. Hon hade först varit tveksam till att bli hypnotiserad, men efter att jag hade lovat väcka henne genast jag såg minsta tecken till svår ångest, gick hon med på det. Hon lugnades också av beskedet att de flesta av mina patienter kände en lättnad då de fick dela med sig av sina minnen. För minnena fanns där och skapade bara mera ångest när de inte fann sitt utlopp på naturlig väg. Djupt nere i sinnet, förträngda och oförklarliga kunde de skada psyket för alltid. Det var bättre att möta sina demoner rakt ut, sade jag åt henne. Och det var jag också övertygad om då. Nu är jag inte längre så säker.

Marguerites röst hade täckt hela känsloregistret. Ibland var hon panikartad, ibland skrämd och ibland överraskad för att i nästa stund berätta med neutral röst i ett tillstånd av absolut stillhet. Men det som hade fångslat mig mest var ändå hennes genomgående kyliga och detaljerade observation av det skedda.

Det första mötet hade skett efter en serie elavbrott i hennes kvarter. Då elektriciteten bröts en varm kväll i januari och det blev helmörkt i huset såg hon ett rosa ljus utanför köksfönstret. Ljuset ökade i styrka och pulserade tills det helt omslöt henne. Allt blev fullständigt tyst, också nattens normala ljud försvann. Jag kom ihåg hennes exakta ord: "Det var som om hela huset hade inneslutits i en vakuumförpackning. Jag befann mig plötsligt i en egen värld avskild från allt annat liv."

Marguerite hade blivit mycket skrämd. En fullständigt normal reaktion i de omständigheterna. Jag sneglade på henne, där hon satt i passagerarsätet blickande ut över havet, och tänkte nästan fråga henne om hon fortfarande kom ihåg vårt första möte. Men hon verkade fortfarande vara borta i sina egna tankar. Ja sade därför ingenting utan fortsatte erinra mig hennes upplevelse några månader tidigare.

Ljuset i huset hade som sagt pulserat och trots den främmande och säkerligen skrämmande upplevelsen kände hon sig lugn och trygg insluten av ljuset. Tre små gestalter hoppade in i köket. "De såg så konstiga ut. Små runda varelser och sättet de rörde sig på, som gräshoppor. Då de såg att jag stirrade på dem stannade de. Den främsta varelsen tittade mig rakt i ögonen och jag kände mig genast konstig. Det var första gången någon hade tittat på mig så ingående. Jag var säker på att varelsen kunde läsa mina tankar."

Marguerite hade stått stel som en staty. Elektriciteten hade plötsligt kommit tillbaka och kökslampan hade blinkat flera gånger, innan den slutligen lyste klart och ersatte det rosa ljuset utifrån. Varelserna hade inte blivit störda av det nya ljuset utan hade hoppat omkring som tidigare med märkliga, spastiska rörelser.

En fjärde varelse, en ledare av något slag, hade svävat rakt in genom köksdörren utan att öppna den. Precis som om fysiska hinder inte betydde någonting. Marguerite hade beskrivit varelsen så här: "Han var klädd i en mörkblå, tätt åtsluten uniform, som hade ett tecken på den vänstra ärmen. Det såg ut som en fågel med uppfällda vingar. Ledaren var längre än de andra, kanske en och en halv meter lång jämfört med de mindre varelserna som var knappt meterhöga. Huvudet var stort, päronformat och näsan liksom munnen var liten och smal. Huden var grå till färgen som lera och händerna hade bara tre fingrar, men de var långa, extremt långa för den kroppsstorleken."

76

Marguerite hade frågat om varelserna ville ha något att äta. Ledaren hade först nickat men blev sedan förskräckt, då Marguerite meddelade att om de gav henne tillstånd att röra sig kunde hon steka biffar åt dem. Det är inte vår mat hade ledaren sagt. "Vår mat bränns inte utan prövas genom eld liksom kunskapen. Har du sådan mat?"

Marguerite trodde sig veta vad ledaren menade. Hon kunde plötslig röra på sig och tog upp en kokbok på bordet och räckte den åt varelsen. Ledaren hade bläddrat i boken med sina långa fingrar och insöp bilderna och texten med belåten min. I gengäld hade han gett Marguerite en blå bok, som uppenbarade sig från ingenstans. Boken var full av symboler som hon inte förstod, men ledaren förklarade att den förmedlade kärlekens budskap.

"Varför är ni här", hade Marguerite frågat.

"Vi har kommit för att hjälpa", svarade ledaren. "Vill du hjälpa oss?"

Frågan hade förvillat Marguerite något men hon undrade om Gud hade sänt varelserna.

Ledaren svarade att han inte visste vad gud var men att de hade kommit för att rädda vår värld. "Din värld är på väg att förstöra sig själv."

"Vad kan jag göra", hade Marguerite frågat.

Som svar hade ledaren gett henne tecken att följa honom. I nästa stund hade de båda passerat genom dörren igen utan att öppna den. Utanför såg hon en oval farkost svävande ovanför marken. Det såg ut som ett stort rymdskepp men på samma gång var det inte ett sådant. Jag hade frågat henne närmare om varför hon drog just den slutsatsen, men hon kunde inte förklara. Det var bara en ingivelse hon fick i den stunden.

Marguerite stretade först emot men sedan ledaren hade gjort farkostens skrov genomskinligt så att hon kunde se vad som fanns inne i skeppet följde hon med. Där fanns en konstig apparat, som såg ut som stora glaskulor utsträckta på stavar. Kulorna roterade i ett rör och gav ifrån sig ett lätt vinande ljud.

När de steg in i skeppet gjorde ledaren skrovet synligt igen och det fick tillbaka sin färg av silver och guld. En dörr öppnades och de gick längre in i skeppet via en lång korridor. Nu fick Marguerite känslan av att gravitationen försvann. I sitt viktlösa tillstånd började hon må dåligt. Ledaren noterade detta och föste in henne i en vrå med starkt ljus. Det fick henne att genast känna sig bättre.

Hon tog av sig kläderna. "Det var helt naturligt", förklarade hon. Sedan lade de henne på ett bord i ett rum med vita väggar. Marguerite hade förvånats över hur högt det var till taket. Korridoren hade varit så trång och svårframkomlig. Taket i detta nya rum var också så genomskinligt att hon kunde skönja stjärnorna uppe på himlen.

Små varelser klädda i silverfärgade overaller undersökte henne från topp till tå. Hon hade inte funnit det obehagligt. Inte ens när en varelse stack en lång nål genom hennes navel. Ledaren nämnde ordet "Skapelse", men blev genast besviken, när han fick beskedet att livmodern var bortopererad.

En ännu längre nål sköts upp i Marguerites näsa. Det hade hon funnit en smula obehagligt. Det blev värre, när hon strax därefter kände en häftig smärta. Nålen verkade gå upp i hjärnan och rota runt där. När nålen drogs ut fanns det på spetsen en "liten boll försedd med små taggiga saker." Ledaren förklarade att det var en sändare, som hade inplanterats då hon var barn.

Jag hade frågat Marguerite mera om detta, men hon kom inte ihåg att något sådant hade skett i hennes barndom. Enligt henne hade närkontakterna startat i vuxen ålder.

Den ingående undersökningen gick vidare. Varelserna verkade mycket nyfikna på hur människan fungerade och hur hennes kropp var sammansatt.

"Ni människor är så annorlunda", påstod ledaren.

"Hur då", hade Marguerite frågat.

"Vi är andliga och enkla till vår struktur medan ni är så komplexa. Er kropp består av så många delar. Och så har ni känslor som vi inte har. Men det gör er också sårbara."

Marguerite hade tänkt fråga mera, men i samma stund lades ett instrument över hennes mun och ett långt rör trycktes ner i halsen. Det var lika otrevligt som nålen i näsan och hon var denna gång nära att kräkas. Ledaren gav henne nu en droppe av något som smakade som hostmedicin. Kräkningsreflexerna försvann.

Efter detta skannades hon med ett instrument, som påminde om ett stort, artificiellt öga. Under min hypnos gav Marguerite sken av att också mycket annat hände i detta laboratorium. Sådant som hon inte ville berätta. Känsloreaktionerna var emellanåt mycket starka. Men hon kände sig genast lättad, när hon kunde berätta att hon några minuter senare fick stiga upp från undersökningsbordet och klä sig i en vit, fotsid klänning.

Efter detta gick hon med ledaren in i ett annat rum, där hon fick slå sig ned i en stol, som hade gjorts speci-

79

ellt för människobruk. Den var betydligt större än de andra möblerna i rummet. Hon fick plastslangar som hon på ledarens uppmaning kopplade till näsan och munnen. Hon slöt ögonen och tog emot den sirapsliknande vätskan som hon matades med. Vätskan fick henne att vibrera och hon fick känslan av att hon transporterades någonstans. När vätskan tog slut kände hon som om varelserna hade tagit total kontroll över hennes kropp.

När hon öppnade ögonen, stod flera varelser runt henne. De hade svarta huvor dragna över huvudet och hon kunde endast se deras blinkande ögon. Hon följde varelserna ut ur skeppet genom en labyrint av långa tunnlar. De kom fram till en stor spegel, som de flöt igenom, för att i nästa stund befinna sig i en vibrerande rosa omgivning. Medan de flöt förbi betongbyggnader av olika slag klättrade lemurliknande varelser på dem. Lemurerna saknade huvud - i stället hade de stora ögon, som spretade ut från deras magra kroppar. De klättrade som apor och deras ögon svepte ideligen runt Marguerite som för att granska henne en sista gång.

Lemurerna försvann, då de kom in i en grön värld av rik vegetation. Här var det vackert och Marguerite såg konstiga varelser som såg ut som en korsning av fisk och fågel. I en stad fanns en vit pyramid, som kröntes av ett manligt huvud som såg ut som Sfinxen i Giza även om den hade smalare anletsdrag. Mittemot fanns en jättelik kristallisk struktur, vars prismor skapade vackra regnbågar mot horisonten. Framför denna stod en vit staty av en fågel, som påminde om emblemet på ledarens uniform.

Efter detta hörde hon en röst, som sa att hon var en av de utvalda. Hon frågade om hon hörde Guds röst, men fick till svar att detta skulle avslöjas för henne i sinom tid. Hon fick ett viktigt meddelande, men det förmedlades på varelsernas eget språk och hon fick beskedet att hon skulle förstå det senare.

Under min hypnos upprepade hon meddelandet och förmodligen ordagrant, men det sade mig ingenting. "Oh-tookurah bohuttah mawhulah duh duwa ma her duh okaht turaht nuwrlahantutrah aw-hoe-noe marikoto tutrah metrah meekotutrah etro indra ukreeahlah oh-tookurah."

Jag renskrev det senare från inspelningen av hypnosen och visade en gång texten åt en språkforskare, men han fick inte heller något grepp om budskapet. Texten hade dock vissa drag gemensamt med ett uråldrigt egyptiskt språk. Ett ord stack ut från de andra: "oh-tookurah". Det ordet hade också inristats för mer än åttatusen år sedan ovanför ingången till en av de äldsta pyramiderna i Egypten. Hieroglyferna betydde "Lägg märke till" eller "Fäst uppmärksamhet vid". Andra påstod att hieroglyferna betydde rätt och slätt "Varning".

Språkforskaren hade sagt att det inte fanns skäl att dra långtgående slutsatser av översättningen. Dylika hieroglyfer förekom ofta ovanför ingångarna till pyramiderna för att skrämma bort obehöriga. Inte för att det hade hjälpt. Rövare hade ändå regelbundet plundrat de egyptiska pyramiderna.

Men nu var jag alltmer övertygad om att meddelandet hade större betydelse än så. Det var ingen vanlig varning. Den insikten hjälpte dock inte så mycket, eftersom meddelandets betydelse i sin helhet var höljt i dunkel.

Ledaren hade i avskedets stund förklarat på sitt sedvanliga kryptiska sätt att Marguerite skulle inse meddelandets fulla innebörd, när det var dags att förstå. Varelserna älskade människosläktet och var här för att hjälpa. "Men först då människorna lär sig att acceptera det andliga. Vi existerar alla enligt en förutbestämd plan och kärleken är det största av allt. Vi har en teknologi som också människan skulle kunna använda. Men först måste ni utveckla era själsliga förmågor. Och meddelandet du just fick kommer den mänskliga rasen att förstå först efter en mycket lång tid."

"Varför tog ni mig på den här resan", frågade Marguerite.

"Du har en positiv aura", svarade ledaren. "Jag ser inget negativt i din själ, vilket är mycket sällsynt. De flesta människor är underutvecklade på detta område, men du verkar vara av ett högre väsen och jag är glad att vi hittade dig. Vi kommer att ses igen."

Därefter transporterades Marguerite tillbaka hem. Under resan ner såg hon jordklotet under sig och fick en känsla av att hon nu förstod naturens krafter bättre än tidigare. Hon hörde en sakta och regelbunden puls slå och hon insåg att det var universums hjärtslag. Hon hade kopplats in i det kosmiska medvetandet och förstod att allt hängde samman och att vi alla var beroende av varandra. Och att varje reaktion gav upphov till en motreaktion.

Människans historia passerade revy framför hennes ögon och hon överväldigades av en intensiv känsla av stor glädje men också av djup sorg. Hon intalade sig att krig, svält och sjukdomar var en oundviklig del av evolutionen. Men om alla fick samma insikter som hon fått skulle de mänskliga konflikternas tid vara förbi. De återkommande prövningarna skulle ersättas av en djup frid för människosläktet.

Dagen därpå hade hon dock glömt hela händelsen. Men i ett kort ögonblick flera månader senare hade hon, medan hon diskade, fått en märklig syn av maskiner, som av synen att döma användes på fjärran planeter. Hon kom dock inte ihåg närmare detaljer om dessa redskap.

En mera störande syn den natten var tydliga bilder av döende människor ute på gatorna. I filmen, som spelades upp i hennes hjärna, drog en farsot fram och svepte med sig en stor del av befolkningen. Marguerite hade dock hela tiden en känsla av att det inte var en vanlig epidemi hon såg, utan att det var effekter från strålsjuka. Människorna på bilderna mådde nämligen illa, kräktes och blödde från öppna sår.

Jag kom ihåg att den synen hade upprört henne mycket och jag hade låtit bli att påminna om den senare. Men Marguerites besynnerliga närkontakt var olik alla andra jag hade hört om. Samtidigt var den oförklarlig i likhet med andra närkontakter. Närkontakterna verkade skapa mera frågor än de gav svar.

Marguerite hade inte heller under senare samtal och hypnoser nämnt denna mystiska ledare, som ville träffa henne igen. Om hon hade mött honom igen höll hon det för sin ensak.

Tanken på de många öppna frågorna var så irriterande att jag bet mig hårt i läppen och fick blodsmak i munnen. Mitt intresse för det blänkande havet försvann i en hast och jag svängde upp mot motorvägen igen.

11

Två timmar senare var vi framme i Valencia. Lucia var jämngammal med Marguerite. Men Lucia hade ett fårat och gammalt ansikte och smutsigt hår, noterade jag. Kanske hade hon inte råd att tvätta det så ofta. Hon bodde nämligen ensam i ett i mitt tycke fallfärdigt höghus och i en hemsk lägenhet i ett av de fattigare kvarteren i Valencia. Men hon gav oss ett varmt välkomnande och dukade genast fram bröd och frukter. Det var bara att hugga i.

Marguerite och Lucia samtalade livligt och jag hängde inte med i konversationen. De pratade så snabbt och emellanåt i mun på varandra som spanjorer ofta gör, varför jag slutade lyssna. Lucias valencianska dialekt var också främmande för mig. Jag ägnade mig i stället åt maten och granskade den mörka lägenheten. Det var inte mycket att se. Det självklara krucifixet på väggen men annars inga tavlor eller dekorationer som skulle ha gett färg åt lägenheten. Den dystra synen fick mig inte att känna mig ett dugg bättre.

Av kvinnornas rikliga ordflöde förstod jag att Marguerite berättade nästan allt för Lucia. Men inte om varelserna. Så långt vågade hon inte sträcka sig. Lucia lovade hjälpa, även om jag såg att hon ryckte till då Marguerite nämnde ordet "terrorister". Men det var självklart hon skulle hjälpa sin vän. Och vännens vän. Hon gav mig ett kort ögonkast.

Jag betraktade dem otåligt. Varför denna ordsvada? Räcker det inte med några ord? Jag insåg att jag tänkte som en typisk nordeuropé. Allt skulle sägas kort och exakt. Men inte här. Det spanska umgänget följde andra regler.

Ändå kunde jag inte hålla mig. En fråga hade plågat mig under resan från Rojales till Valencia och nu avbröt jag kvinnornas samtal och ställde den. "Varför är de här terroristerna farligare än alla andra?"

"De har kärnvapen", svarade Marguerite kort och koncist.

"Men då är de ju dubbelt så farliga." Jag satte händerna för öronen som om jag inte ville höra mera. "Och ska vi stjäla vapnet från dem? Hur har du tänkt dig det? Vi måste gå till polisen."

"Vapnen" korrigerade Marguerite. "Och nej, polisen är inblandad i det här. Vi kan inte gå till myndigheterna. De skulle bara spärra in oss och då skulle allt vara förlorat." Hon tittade vädjande på mig.

Jag gav upp. "Okej då, men vapnen? Finns det flera? Och har du en plan? Vet du vad vi ska göra? Eller snarare vad vi kan göra?"

"Vi rekognoserar först, tar reda på hur många vi har att göra med, vilka deras rutiner är. På det sättet hittar vi deras svaga punkter."

Svaga punkter? Fanatiska terrorister beväpnade till tänderna hade knappast svaga sidor. Däremot kände jag mig plötsligt hjälplös. Jag hängde med huvudet. "Jag är nog inte rätt man för det här jobbet", konstaterade jag lakoniskt.

"Du är", svarade Marguerite. "Du har bara inte insett det ännu."

Mitt samvete skrek nej men en svag röst inombords hävdade annat. Jag gav upp. "Okej då, jag följer med en bit, men genast det ser omöjligt ut hoppar jag av."

"Fegis."

"Vi kommer att dö. Förstår du inte det? Det här är ett livsfarligt uppdrag."

"Kanske det, men om vi inte gör något kommer vi i alla fall att dö. Och många andra med. Är det så du vill ha det?"

"Nej." Jag insåg att det var lönlöst att protestera och beslöt att delta i hennes plan helhjärtat. "Inga mothugg från min sida mera", lovade jag. Med fingrarna i kors bak ryggen konstaterade jag kort: "Jag är med dig hundra procent."

"Med oss", korrigerade Marguerite. "Lucia är också med. Hon kan visa oss runt i kvarteren. Hon känner alla gömställen här. Och hon känner invånarna. Och de i sin tur vet var misstänkta typer kan vara inkvarterade. Sådana som inte har bott här länge och som inte gärna visar sig för grannar eller utomstående."

"Hur lång tid har vi på oss", frågade jag.

"En vecka. Kanske mindre, om terroristerna får för sig att spränga bomben tidigare. De får inte lägga märke till att de är jagade." Marguerite höjde ett finger. "De får inte se oss, det är viktigt."

"Jag ska se till att ni smälter in i bakgrunden", sa Lucia. Hennes dialekt lät konstig i mina öron, men löftet tog jag fasta på. Åtminstone en allierad att lita på.

"Vi går till marknaden och handlar", beslöt Marguerite. "Det ger oss en möjlighet att gå runt i kvarteren och prata med folk." Hon vände sig till Lucia. "Jag är din kusin från Torrevieja, om någon frågar. Och han..." Hon pekade på mig. "Han kan vara min älskare denna vecka."

Båda kvinnorna skrattade, men jag såg inte det lustiga i situationen och detta uttalade jag också högt. Kvinnorna ignorerade mig förstås. Muttrande gick jag till dörren och höll upp den. "Så, vad väntar ni på?"

Marknadsplatsen var egentligen en smal gata, som för dagen var avstängd för biltrafik. Det kryllade av folk. Men rätt få köpte något. Detta var mera en social tillställning än en regelrätt marknad. Lucia köpte dock apelsiner i ett stånd. Hon kände försäljaren och pratade livligt med honom. Han kom från en av byarna utanför staden, men övernattade ibland hos sin syster inne i staden. Han kände de närbelägna kvarteren väl.

Lucia frågade, om han hade noterat nya invånare på sistone. Mannen svarade: "Ja, i huset där borta, dit flyttade en man från Barcelona förra veckan. Han bytte jobb, någonting med mobiltelefoner tror jag." Mannen ryckte resignerat på axlarna. "Fråga inte vad. Jag hänger inte riktigt med i den moderna tekniken. Hur så? Tänker du gifta om dig?"

Lucia grimaserade illmarigt och lät bli att svara och konstaterade bara som i förbigående: "Jag tycker inte om den nya tekniken heller. Har du sett någon annan?"

Försäljaren tog sig om hakan. Det verkade som om skäggstubben kliade. "Tja, några familjer från Algeriet. Ett par kvarter härifrån. I huset med de svarta fönsterluckorna. Rika som troll. Förstår inte varför de vill bo i de här gamla kvarteren."

"Du menar de fattiga kvarteren", sa Lucia.

"Nej, de gamla", framhöll mannen envist. "Fattigdom och rikedom är relativa saker. Alla har olika uppfattningar om det."

"Du har blivit filosof på gamla dagar", kommenterade Lucia skämtsamt. "Något annat nytt?"

"Nej, annars det gamla vanliga. Visste du att det unga paret på andra våningen där mittemot kommer att skilja sig. Redan efter ett år. Ungdomar vet inte längre hur man ska leva tillsammans."

"Nej, annat är det med du och jag. Vi har ju båda storfamiljer vid det här laget."

Försäljaren mottog kommentaren med en lätt grimas. Uppenbarligen var han inte gift. Mannen ryckte på axlarna. "Livet ger och livet tar. Vi kan inte alltid själv välja vad vi vill."

"Där har du fel", svarade Lucia. "Det är just det vi kan." Hon tackade mannen med en handskakning. Jag såg att hon betalade dubbelt för apelsinerna, men det var de kanske värda. Förpackade i information som de var.

Huset med de svarta fönsterluckorna. Där skulle vi börja. Marguerite nickade, trots att jag inte hade yttrat någonting. Lucia ledde vägen och gav apelsinerna åt mig. Påsen var tung. För att lätta på bördan skalade jag en apelsin och sög ljudligt på klyftorna. Jag bjöd också kvinnorna men de tackade nej.

Vi stannade i ett hörn. På andra sidan gatan syntes huset. De svarta fönsterluckorna var stängda och tvåvåningshuset såg obebott ut. Jag noterade en snabb rörelse på taket. Någon spanade på oss.

Jag tittade ner på gatan och sparkade en fallen kvist ur vägen. "Vi borde dela på oss. Titta inte upp. Vi går åt varsitt håll, sedan möts vi några kvarter längre fram." Jag tog Marguerite i handen och tillsammans spatserade vi gatan fram förbi huset. Lucia gick åt andra hållet. Ingen av oss slängde så mycket som en blick på huset.

En kvart senare sammanstrålade vi tre kvarter längre fram. Vi gick in på ett café. Jag beställde kaffe med mjölk åt mig själv och två espresson åt mina följeslagare.

"Så vad säger er kvinnliga intuition", frågade jag viskande.

"De är där", svarade Marguerite. "Vi måste in i huset på något sätt."

"Tänker du desarmera bomben", frågade jag. "Vet du vilken tråd du ska klippa av?"

Hon brydde sig inte om min ironiska släng. "Låt mig vara en stund. Jag måste fundera."

Vi var tysta några minuter. Till slut vände sig Marguerite till Lucia. "Du har väl fortfarande din mans uniform?"

"Ja, jag har inte slängt den", svarade Lucia. "Han hade just fått den, då han dog i trafikolyckan. Den finns i garderoben."

"Vilken uniform", frågade jag.

"Elbolagets", sa Marguerite. "Då behöver vi bara låna elbolagets bil och sedan kommer du in i huset." Hon pekade på mig.

Jag blev nervös. "Jag... jag vet inget om elektricitet."

"Det gör ingenting, det visste inte Lucias man heller." Hon gjorde korstecknet. "Frid över hans minne."

Lucia gjorde likadant och sa: "Det stämmer, men han lärde sig grunderna. Inga olyckor inträffade åtminstone."

"Men vad ska jag göra då", stammade jag. "Ska jag ta mig in i huset och leta efter kärnvapen? Och om jag mot förmodan hittar en bomb, vad ska jag då göra åt det?" Jag sträckte upp händerna i förtvivlan.

"Jag ska förklara allt", sa Marguerite lugnt. "Kom så går vi till Lucias lägenhet. Du ska surfa på nätet."

Jag gjorde som hon sa. Sedan provade jag uniformen. Kepsen var aningen liten men rocken satt bra. Byxorna var däremot för korta.

"Inget problem", sa Lucia. "Jag öppnar sömmen och fäller ut fem centimeter. Det tar bara några minuter."

Marguerite hade gett mig enkla instruktioner men jag var inte fullt övertygad. "Vad gör jag om de kommer på mig då? Hur ska jag klara mig mot ett gäng välbeväpnade och vältränade terrorister? Kasta frukter på dem? Hej, här har du en apelsin. Fånga den om du kan. Ha ha."

Marguerite kastade en snabb blick åt mitt håll. Hon uppskattade inte skämtet, men insåg att jag med den krassa humorn försökte ingjuta mod i mig själv. Vilket stämde. Jag var livrädd. Och uniformen gjorde mig inte lättare till mods. Jag var i fel bransch och skulle försäga mig vid första fråga om elektricitet. Det enda jag med någorlunda säkerhet skulle klara av var att hitta elskåpet i dessa gamla spanska höghus.

Följande morgon var vi klara. Marguerite skulle komma med och låtsas vara min lärling. Klädd i en säckig gammal overall hittad i Lucias gömmor. Jag noterade att jag var den stiligaste av oss, då jag klädde på mig den nya kostymen. Men hon hade fördelen av att ingen skulle lägga märke till henne. Min uppgift var att dra till mig all uppmärksamhet. Jag kände mig inte ett dugg bättre av tanken.

Jag kände lukten av Marguerites parfym, en svag doft av citronblommor. Hennes ansikte kom nära mitt då vi steg in i hissen. Först nu såg jag att hennes ögon var nötbruna med drag av grönt. Hennes hud var krämfärgad och lätt fräknig. Näsan var lite för bred,

90

vilket gav henne karaktär, och läpparna var fylliga, vilket skänkte henne ett naturligt, sensuellt drag. En typisk fransyska.

Det låg något oskuldsfullt över henne. Hon hade händerna nedstuckna i overallen, vars färg nästan kontrasterade mot ögonen. De fasta brösten svällde när hon andades. Hon var mycket smal om midjan och benen, som nu var gömda under overallen, visste jag var långa och slanka. Hon rörde sig graciöst, som en danserska.

Vi lämnade huset och gick ut i den kyliga morgonbrisen. Jag sneglade på Marguerite i smyg. Bakom henne började den ljusblå himlen fläckas av moln. Ett och annat café hade redan öppnat sina dörrar. Få kunder. Ibland undrade jag hur ägarna klarade livhanken, då de sålde endast några espresson per dag. Men jag insåg att de flesta caféer var en livsstil, inte nödvändigtvis ett lönande företag.

Caféerna låg inklämda mellan affärer för elektriska artiklar och billiga kläder. De verkade alla ha en ständigt pågående slutförsäljning. Från ett fönster högre upp hördes en stump orientalisk musik. Rytmen fick vinden att kännas en aning varmare. Långt borta vid hamnen syntes de stora svängkranarna. De avtecknade sig mot himlen som långhalsade rovfåglar.

En fet medelålders kvinna kom mot oss med en insamlingsbössa. "Hjälp de fattiga", sa hon och skramlade med de få slantarna i bössan. Jag tittade ner på hennes ljusröda hatt och ansiktet som gick i stil med den. Hon svettades kraftigt trots morgonkylan och över vänstra ögonbrynet hade det fastnat ett strå av hennafärgat hår. Hon blottade sina löständer och skramlade igen med bössan. Jag trevade i byxfickan

91

och fick upp några mynt. "Gracias", fick jag till svar när jag fällde mynten i den nästan tomma bössan. I vanliga fall brukade jag inte skänka något åt tiggare men denna morgon verkade handlingen vara den enda rätta. Jag behövde något som kunde uppfattas som dagens goda gärning.

Vi passerade kvinnan och caféerna och de billiga affärerna och begav oss iväg på vår vilda jakt. Det som man på engelska kallar "a wild-goose chase". Jag litade på att Marguerite visste vad vi borde göra, för jag hade plötsligt ingen aning.

12

Jag hade ett förflutet i de spanska specialstyrkorna. Då jag var ung och sökte meningen med mitt liv och trodde jag skulle hitta den i sträng disciplin. Att bara lyda givna order och inte behöva tänka. Det kändes som en befrielse i motsats till det vilda liv jag hade levat. Berusad dag efter dag hade jag misskött min kropp och min själ. Levat från dag till dag utan mål eller mening.

Då kändes armén som en räddning. Efter en snabb grundutbildning utvaldes jag som en av de bästa bland de lydiga till specialstyrkorna. Specialförbanden var ett arv från Francos hemliga polis, men det visste jag inte då och om jag är helt ärlig, hade jag förmodligen struntat i det då. Men nu när jag var äldre, svepte minnet över mig som en varig böld.

Jag har dödat kvinnor och barn. Hur många? Vet inte och det spelar egentligen ingen roll. Redan en oskyldig är för mycket. Ibland sköt vi utan urskiljning in i folkmassorna. Vi blev alltid kallade vid minsta antydan till upplopp någonstans. Demonstranterna kallades folkets fiender. Men de var bara fattiga. Som gjorde det som varje anständig människa bör göra. Protesterade för att få ett bättre liv.

Vi krossade deras drömmar. Vi var mycket effektiva. Och dödliga. Vi kallades Compañía de la muerte – Dödskompaniet. Ett namn vi bar med stolthet. Nu fyller det mig med avsky.

Specialstyrkorna var en militär elitkår vars utbildning fokuserade inte bara på traditionella militära färdigheter utan också på den starka moralen som vi förväntades följa. Där! Genast en konflikt. Varför såg jag inte den?

Eftersom de utvalda till specialstyrkorna kom från olika länder med olika kulturer var den grundläggande tanken att stärka gruppen på olika sätt. Utbildningen var inte bara fysiskt ansträngande utan också psykiskt utmanande med strikt disciplin. Igen, konflikt efter konflikt med min inre övertygelse.

Det visade sig också snabbt att jag inte var lämpad för så sträng disciplin. Min avsky för auktoriteter gjorde sig genast påmind. Jag satt oftare i arresten än var ute och marscherade. Jag tyckte inte heller om att skjuta. Jag ogillade lukten av vapenolja, avskydde smällen och fick ont av rekylen.

Slagorden ”Styrka, heder och fosterlandet” sa mig heller ingenting. Jag insåg senare att jag då måste ha varit tom på alla känslor. Och armén och sedermera specialstyrkorna fyllde inte heller tomheten. Jag sökte en annan mening med mitt liv. Och specialstyrkorna såg det också. Jag beviljades avsked redan efter två år. Minimirekryteringstiden var annars tre år.

Kaptenen slängde avskedspapperet i mitt ansikte. Han kunde knappt dölja sin vrede och förakt. Jag var ett misslyckande, en total skam för människosläktet. Detta meddelade han också högt.

"Försvinn ur min åsyn", ropade han slutligen och lät två militärpoliser eskortera mig mycket handgripligt ut från hans kontor och förläggningen.

Men innan jag leddes ut, vände jag mig halvvägs om och ropade bittert: "Ni gör kanske hårda män men inte ordentliga människor!"

Orden ekade ännu efter all denna tid så tydligt i mitt huvud. Personas adecuadas! Adekvata människor. Det var det vi borde utbildas till. Där låg hemligheten och den yttersta meningen med våra liv. Att bli en riktig människa. Och för att bli det måste vi få hjälp på vägen. Någon som får oss att förstärka de goda egenskaperna och motverka de dåliga. Inte tvärtom.

Minnet blev allt starkare. Jag såg mig stå där utanför militärförläggningen, utan pengar, utan möjligheter, utan framtid. Men när hopplösheten är som starkast är också hjälpen nära. Av en slump fick jag jobb på en privat läkarklinik i den första stad jag kom till och började studera medicin. En inte helt officiell läkarexamen tog jag några senare vid ett privat engelskt universitet. Men den var en riktig examen med riktiga kunskaper och inte något du bara printar ut på nätet.

Jag var inte stolt över mitt arméförflutna, men jag kunde inte göra det ogjort heller. Jag undrade varför armélivet hade lockat mig. Jag hade bättre förstånd än så, redan vid unga år, och borde ha förutsett problemen. Ändå hade jag gått rakt i fällan. En bortkastad period i mitt liv. Så här efteråt var det oförklarligt. Men vi är alla svaga en gång i livet. Lätta att ledas.

Men det skulle visa sig att upplevelsen inte var bortkastad. Armékunskaperna låg latenta och väntade bara på att åter tas i bruk. Den enda förändringen var att jag nu var en medelålders man och i betydligt sämre kondition än den unga man, som en gång orkade bära en femtio kilos packning på sin rygg. I närkamper var jag förmodligen oduglig.

När jag stod framför dörren till huset med de svarta fönsterluckorna, undrade jag varför människor söker frivillig död och ödeläggelse? Varför vänder de det moderna samhället ryggen och väljer terrorismen? En tanke slog mig. I grund och botten hade jag gjort likadant. Genom att välja en som jag trodde skulle bli en yrkeskarriär i armén. Varför hade jag inte valt något konstruktivt i stället?

Jag trodde att jag förstod terroristernas motiv. De sökte något annat än det som det moderna livet erbjöd. Och när inte de heller fann alternativ, återstod bara destruktiva handlingar med oskyldiga offer som följd. Det fanns ingen återvändo, de var fullständigt desillusionerade. Som jag hade varit vid tjugo års ålder.

Människans historia var full av detta beteendemönster. När George Orwell i mars 1940 recenserade Adolf Hitlers "Mein Kampf" beskrev han så väl Führerns recept på framgång: Hitler hade förstått det moderna, hedonistiska livets tomhet. Han visste att människan inte bara behöver välfärd, säkerhet, kortare arbetstider och förnuft. Att det djupt inne i själen gömmer sig en längtan efter något annat. Drömmar om kamp, självuppoffring och inte minst trummor, fanor och parader. Som Orwell formulerade det: "Där socialismen, och till och med kapitalismen i en mer motvillig version, har sagt till folk: 'Jag erbjuder er ett gott liv', har Hitler sagt till dem: 'Jag erbjuder er kamp, fara och död', och resultatet blev att en hel nation kastade sig för hans fötter."

Orwell varnade för att underskatta den psykologiska dragningskraft totalitära ideologier har på människor. De träffar en nerv som det moderna, rationella och diskret demokratiska samhället försökt gömma undan. Under välfärdssamhället vilar något mycket gammalt och mörkt som väntar på att bli väckt till liv igen.

Jag ryste vid tanken. Skulle det hända igen, och igen, tills inget fanns kvar? Och nu var jag och Marguerite på väg in i denna mörka värld. Utan trummor och fanfarer. För att släppa in lite ljus. Jag tvekade och min hand darrade, då jag tryckte på ringklockan nere vid gatan.

Det tog en evighet, innan någon kom och öppnade dörren. En gammal kvinna klädd i slöja undrade vad vi ville. Hennes hand darrade mera än min. Jag visade upp mitt förfalskade id-kort och sa med min mest myndiga stämma: "La compañía de electricidad. Inspección." Utan att vänta på svar tryckte jag upp dörren och steg in med min assistent i släptåg.

Den gamla kvinnan tittade stumt på mig. Hon verkade inte förstå spanska så jag visade med händerna formen av ett skåp och frågade: "Caja eléctrica?". Kvinnan pekade mot änden av korridoren.

"Gracias", nickade jag och viftade åt Marguerite att följa mig. Vi öppnade en dörr och längst inne i ett hörn fanns elskåpet, gammalt och rostigt och nött av tidens tand. Jag låtsades ge order åt Marguerite att hon skulle hämta något från bilen. Marguerite fick kvinnan med sig.

Jag var ensam. En snabb överblick av skåpet, huvudströmbrytaren av, några andra knappar ner och så var det dags att inspektera husets alla rum för att hitta felet. Ur väskan tog jag den stadiga ficklampan, som inte bara lyste upp den nu mörklagda korridoren utan som också var ett behändigt vapen vid behov.

Den gamla kvinnan höll upp dörren för Marguerite, som nu kom in med en låda i handen. Kvinnan tittade frågande på mig. Jag pekade på trappan till övre våningen och upprepade igen: "Inspección." Av någon anledning ställde hon sig i min väg, men jag skuffade henne bryskt åt sidan.

"No problema", sa jag och viftade igen åt Marguerite att följa mig upp. Lådan hon bar på verkade tung, men jag hjälpte henne inte. Hon var ju min assistent. Ur lådan hängde sladdar, som släpade efter henne. Jag hade ingen aning varför hon hade tagit sladdarna. Det räckte med apparaten i lådan. Men sladdarna gav oss förstås mera trovärdighet.

Marguerite kastade ifrån sig sladdarna, då vi kom upp men behöll lådan i ett fast grepp.

"Jag tar den där", sa jag.

Hon gav den åt mig motvilligt. Bakom henne stod den gamla kvinnan, som nu viftade och protesterade högt på ett obegripligt språk. Jag struntade i henne och såg mig omkring. En lång korridor med stängda dörrar på båda sidorna. Var skulle vi börja? Rummet längst bort och så skulle vi arbeta oss tillbaka till trappan.

Jag ledde den gamla kvinnan till trappan och visade att hon skulle gå ner tillbaka. Vi behövde henne inte längre. Men hon vägrade och pekade på en av dörrarna.

"Si, si", sa jag och nickade. Vi skulle vara försiktiga och inte störa någon som sov. Antingen lugnad av beskedet eller trött av att stå slog sig kvinnan ned på översta trappsteget. Hon fortsatte sin klagolåt men tystare den här gången.

Mina nerver var på helspänn då vi öppnade dörren längst bort i korridoren. Jag väntade mig terrorister beväpnade till tänderna. De enda vapen jag hade var lampan i handen och geigermätaren i lådan. Rummet var tomt. Jag öppnade lådan. Geigermätaren knäppte svagt men gav inget alarm ifrån sig.

Vi svepte med mätaren över väggar och fönster. Inget utslag. Metodiskt undersökte vi också de andra rummen. De var alla tomma förutom det som kvinnan hade pekat på. Där låg en äldre man och snarkade. Vi sökte igenom också det rummet mycket noga utan att väcka den sovande på sängen men hittade inget misstänkt. Inga vapen och inga bomber. Bara några polisuniformer hängande i ett skåp, vilket jag tyckte var märkligt.

Men det förvånade inte Marguerite. "Ser du, polisen. Vad var det jag sa."

"Ja, ja", viskade jag. "Men vad bevisar det? Uniformer, än sen? Här finns inga spår av terrorister vad jag ser. Vi måste vara i fel hus."

"Nej", sa Marguerite bestämt. "Jag kommer ihåg nu. Varelserna var mycket tydliga på den punkten. Det svarta huset. Det måste vara det här. Kom, vi har källaren kvar."

Jag knäppte fast lådan men lät geigermätaren vara på. Den surrade svagt inne i lådan men gav inget utslag i korridoren heller. Vi passerade den gamla kvinnan i trappan och gick tillbaka ner för att leta efter ingången till källaren. Kvinnan hade nu tystnat och visade inte heller några tecken på att vilja följa oss. Hon hade något i sin hand. Jag fäste ingen närmare uppmärksamhet vid det.

Vi hittade källardörren i köket. Det var beckmörkt där nere och ficklampans ljus lyckades tränga undan bara en pytteliten del av det svarta. Jag insåg plötsligt att vi var synliga måltavlor för vem som än hade siktet inställt på oss. Jag släckte snabbt ficklampan och drog Marguerite åt sidan. Hon slog armbågen mot diskbänken och grymtade till.

"Idiot", sa hon och masserade armen. "Om någon hade oss på kornet hade vi varit döda för länge sedan."

Jag tittade fåraktigt på henne, mumlade en ursäkt och tände igen ficklampan. Vi gick ner tillsammans utan att möta motstånd. Källaren var full av bråte. Det var tyst som i graven. Geigermätaren gav inte heller här något utslag. En sak var klar. Det fanns inget radioaktivt material eller gömda kärnvapen i huset.

En unken lukt slog mot mig då jag öppnade en enkel trädörr till ett förråd. Därinne fanns säckar staplade på varandra. Jag lyste närmare på en av säckarna. Där stod Abono químico och bokstäverna NPK. Jag ryckte till. Kväve, fosfor och kalium. Konstgödsel. En viktig ingrediens för att tillverka bomber. Vad annat kunde gödselsäckarna vara avsedda för? De hade definitivt inte skaffats för husets oansenliga trädgård.

Jag visade fyndet åt Marguerite. Hon nickade och förstod utan att jag behövde säga något. Jag pekade vi skulle gå upp igen. Det fanns inget mera vi kunde göra. Vi var klara här. Myndigheterna nästa. Oavsett Marguerites protester. Det enda vi kunde göra.

En överraskning väntade då vi kom uppför trappan. Ett helt uppbåd poliser stod i köket med dragna pistoler.

"Lägg er ned på golvet", röt en av poliserna. Vi lydde omedelbart. Jag hade inget problem med att lyda auktoriteter, som riktade pistol mot mig. Jag pekade mot källaren och försökte ropa: "Abono quimico." Men min mun trycktes ned mot mattan och plötsligt tyckte jag det vara viktigare att få syre i mina lungor än att förklara vad vi hade hittat i källaren. Det sista ordet lät bara som en ansträngd grymtning.

Den gamla kvinnan var fiffigare än jag trodde. Hon hade anropat polisen, medan vi sökte igenom rummen i övre våningen. Föremålet i hennes hand måste ha varit en mobiltelefon. Vi hade inte varit trovärdiga elektriker sist och slutligen. Jag bet ihop tänderna. Det var inte meningen att det skulle gå så här. Men vi skulle förklara allt på polisstationen. Jag insåg att det var dödfött att försöka berätta något för denna adrenalinfyllda specialstyrka. Marguerite var tydligen av samma åsikt, eftersom också hon lät sig ledas ut med bakbundna händer utan ett ord.

På polisstationen fördes vi till skilda förhörsrum. Jag krävde att få tala med någon som kunde engelska och fick vänta en timme extra. Det enda jag hade som sällskap under väntetiden var en flaska vatten. Magen knorrade och jag önskade jag hade ätit ordentligt före besöket i huset med de svarta fönsterluckorna. Men då hade jag varit för nervös att äta.

När den engelskspråkiga förhörsledaren kom in förklarade han för mig att jag var anklagad för olaga intrång och för att ha representerat en myndighet på falska grunder. Och hatbrott för att vi hade antastat oskyldiga muslimer.

"Ja, ja", avbröt jag otåligt. "Men vi försökte stoppa terrorister. De tillverkar bomber där. Det finns konstgödsel i källaren. Flera säckar. Gå och se själva."

"Vi vet, er medbrottsling berättade det redan", konstaterade kommissarien, som hade presenterat sig som Garcia. "Vi har undersökt saken. Konstgödseln hör till husägaren, som har ett stort jordbruk utanför staden. Hyresgästerna, som bor i huset, visste inte ens om att gödseln fanns där. Det finns inget olagligt i det."

"Men terroristerna på taket då? De som bevakade oss med vapen i händerna."

"Det var målare, som målade taket med långa rollers. Med lite fantasi kan man få metallskaftet att bli vapen. Eller kanske krävs det mycket fantasi. Som ni tycks ha i övermått." Kommissarie Garcia gav mig ett snett leende.

Han bläddrade i en mapp. "Ni har ett långt brottsregister ser jag."

Jag gav honom ett ansträngt leende. "Det var under mina unga år. Jag var lite vild då. Har ni verkligen sparat så gamla uppgifter? Jag trodde de var glömda för länge sedan."

"Vi glömmer ingenting. Ni fick fängelse."

"Till slut ja, ungdomsfängelse. Men titta på årtalen. Det hände för flera decennier sedan. Jag avtjänade min tid och betalade min skuld till samhället. Det är gammalt. Det har inget med det här att göra."

Garcia såg på mig med ett nedlåtande ansiktsuttryck. "Säg inte det, gamla vanor brukar hålla i sig." Plötsligt ändrade han taktik och lutade sig framåt och frågade fränt: "Varifrån fick ni elbolagets uniformer?"

Jag betraktade hans fårade ansikte och insåg plötsligt att han hade sett tusentals brottslingar förut. Förhört dem alla och fått bara lögner till svar. Så gjorde alla som råkade i klammeri med rättvisan. De ljög.

Jag ville inte göra honom besviken den här gången heller. "Vi hittade dem i elbolagets omklädningsrum. Det var olåst." Jag kryddade lögnen med en liten sanning: "Vi tänkte det skulle vara bra kamouflage att få tillträde till huset."

"Men varför kom ni på den befängda idén?"

"Jag sa ju, vi ville undersöka huset."

"Men varför just det huset?"

"Jag vet inte, en känsla, en gissning", konstaterade jag lakoniskt och ryckte på axlarna.

Garcia var inte nöjd med svaret. Jag fick en känsla av att han var beredd att ta till våld, om jag inte berättade sanningen. Förmodligen inte första gången han brottades med den tanken. Det fanns något oberäkneligt och skrämmande över kommissarien. Inte bara det att han var en myndighetsperson. Där fanns också något annat. En ondska som låg djupt och lurade?

Jag drog ett djupt andetag och ryckte igen på axlarna. Jag tittade mig omkring i det kala rummet, eftersom jag hade tröttnat på Garcias stirrande blick. Han tittade på klockan och bläddrade igen i mappen. När han öppnade munnen för att säga något, skakade jag irriterat på huvudet.

"Jag vill ha en advokat", konstaterade jag med en suck. Luften hade gått ur mig och jag förstod att inga av mina förklaringar skulle låta vettiga i polisens öron.

Kommissarien knäppte av bandspelaren och sa korthugget: "Vale!" Han slog fast mappen med en smäll. "Okej då, vi ses i morgon. Har ni någon advokat i åtanke eller ska vi skaffa en åt er?"

"Jag tror mitt sällskap, Marguerite, vet bättre. Fråga henne. Vi kan använda samma advokat. Vi är ju ändå anklagade för samma brott, eller hur?"

Garcia nickade och lämnade mig ensam. En timme senare flyttades jag till en cell, där jag slängde mig på britsen och stirrade upp i taket. Hur kunde vi ta så fel? Jag var en idiot, som hade litat på Marguerite. Hon var sinnessjuk. Och jag var ännu värre, eftersom jag hade lyssnat på en som inte var vid sina sinnens fulla bruk.

Men ändå fanns den där. Varelsernas varning. Det svarta huset. Varningen hade låtit så äkta, så övertygande. Mina tankar vandrade vidare.

Det tog oss sextusen år att utvecklas från primitiva jordbrukare och boskapsskötare till dagens atomålder. Tidigare kulturer kunde ha utvecklats före oss och gått under. Jag var övertygad om att människan alltid hade varit lika blodtörstig och benägen att förgöra både sig själv och andra. Det fanns ett mycket våldsamt beteende begravet djupt inne i människans själ. Ett självdestruktivt drag av omåttliga proportioner.

Alla myter berättade samma historia. Civilisationer som gått under i massiva katastrofer. De talade om fenomen som till sina yttringar och effekter liknade atombombsexplosioner. Var det nu vår tur? Gjorde det intelligenta livet samma misstag gång efter annan? Använde massförstörelsevapen? Sådana som man till exempel kunde tillverka av säckarnas innehåll i källaren.

Men konstgödsel var sist och slutligen ett obetydligt inslag insåg jag. Den kom inte ens nära det som våra äldsta myter berättade om. De äldsta indiska texterna behandlade ju katastrofala fenomen som vi inte ännu förstår. Tidens och rummets relativitet, avancerad atomteori, kosmiska företeelser och bruket av paralyserande vapen. Vapen som svepte bort soldater, hästar, elefanter och stridsvagnar som om de varit torra löv. Den tidens skribenter beskrev något som liknade svampmoln, stora moln som lagrade upp sig ovanför varandra som en serie väldiga parasoller. Detta skedde långt före vår tideräkning. Det kunde förstås hända igen.

Många platser på jordytan verkar också bära spår av forntida atombombsexplosioner. Sådana sår i jordskorpan finns på alla våra kontinenter. De hade inte gjort planeten obeboelig då, men var något liknande på väg att ske nu? Någonting betydligt värre än en syndaflod? Radioaktivt avfall som denna gång skulle ta död på allt liv? Men var fanns det då? Inte i det svarta huset i alla fall.

Jag föll in i en orolig sömn och vaknade följande morgon med en intensiv huvudvärk som var värre än alla baksmällor jag hade haft tidigare. Men huvudvärken försvann, då jag fick frukost och tuggade det sega brödet. Jag hade tydligen spänt käkmusklerna under natten och värken försvann efter hand, då jag öppnade och slöt munnen sakta och målmedvetet.

Anklagelserna om hatbrott försvann under förhörens gång. Varför hade vi betett oss så impulsivt? Undersökt huset utan tillstymmelse till bevis. Jag höll hela tiden envist fast vid min förklaring att vi var övertygade om att huset inhyste terrorister. Frågan om varför vi trodde så kunde jag inte ge ett tillfredsställande svar på. Att föra in diskussionen på varelser från rymden eller parallella världar skulle inte hjälpa mig. Varför hade vi inte kontaktat polisen? Den frågan kunde jag inte heller svara på. Jag undrade vad Marguerite berättade för polisen.

Tydligen hade vi varit samstämmiga i våra svar, eftersom vi släpptes ut ur våra celler mot borgen två dagar senare. Mycket tack vare advokaten som Marguerite hade skaffat. Brottet var lindrigt och skulle förmodligen bara ge böter när det blev dags för rättegång. Om ett år eller så. Hade vi tur, skulle handlingarna försvinna i den spanska domstolsbyråkratin och vi skulle aldrig höra av fallet mera.

Vi möttes i rummet där vi fick våra tillhörigheter. Marguerite gav mig ett sorgset leende. Jag sa ingenting utan stirrade bara frågande på henne. Vad nu? Vad efter detta? Bäst att vi inte sågs mera. Jag skulle åka hem på egen hand och hon kunde ta bussen till Alicante och därifrån hem bäst hon kunde. Vårt samarbete var slut. Över. Förbrukat.

Men hon ville annorlunda, då vi kom ut på gatan. Vi måste fortsätta. Vi tog fel hus, ja, men vi måste leta efter det rätta.

”Jag orkar inte göra det här på egen hand”, vädjade hon, då hon såg min tvekan. ”Snälla, hjälp mig.” Hon tog min hand men jag drog mig bestämt ur hennes grepp.

”Nej, inget får mig att fortsätta denna galenskap”, sa jag obevekligt. Jag rusade iväg utan att se mig om. Jag kunde höra hennes gråt men fortsatte ändå framåt med raska steg tills jag slutligen sprang. Sprang för livet.

När jag satt i bilen, skakade jag av sinnesrörelse. Min hand vägrade lyda, då jag sökte startknappen. Den föll slappt ner vid min sida och mina ögon fylldes av tårar. Jag insåg att jag var på väg att göra något orätt.

105

Jag fick inte åka iväg, inte så här. Jag fick inte överge Marguerite efter allt vi varit med om. Så feg var jag inte. Någonting enastående förenade oss oavsett om jag erkände närkontakternas betydelse eller inte.

Jag var den ende som förstod henne. Förutom Lucia förstås men hon vara bara en passiv medlöpare. Det som Marguerite behövde var någon som lyssnade på henne, ovillkorligt och utan tvivel. En aktiv beskyddare om man så ville.

Jag steg ur bilen på skakiga ben. Bilen fick stå där den stod. Beslutet var fattat. Ändå fylldes jag av tvivel. Vad tänkte jag egentligen på? En intelligent, fullvuxen man. Jag förstod det inte själv. Men vi skulle slutföra detta tillsammans, jag och Marguerite, bära eller brista. Jag hoppades dock att jag aldrig skulle möta varelserna mera. De var ett avslutat kapitel i mitt liv. Terroristerna var däremot en annan historia.

13

När jag kom tillbaka till Lucias lägenhet satt kvinnorna och tittade håglöst på varandra. Marguerite sken upp då hon såg mig, men hon sa ingenting. Hon hade fortfarande på sig den säckiga overallen. En ovanlig kvinna. Jag yttrade inget heller, det krävdes inga ord för att förstå vad vi båda kände.

"Det finns något där", sa hon, "men det är väl gömt. Kanske i de närbelägna husen."

"Vad ska vi göra då", frågade jag en smula uppgivet. "Polisen tog ju vår geigermätare."

"Jag kan skaffa en ny", sa Lucia. "Det är inte svårt. Jag har ännu kontakter på elbolaget, sådana som inte bryr sig om poliser."

Marguerite piggnade till och sa entusiastiskt åt mig: "Där ser du, allt ordnar sig."

"Ja men geigermätaren duger inte mycket till ute på gatan", protesterade jag. "Vi måste in i husen och mäta. Och efter polisens ingripande kan det vara svårt. Om terroristerna finns där, är de på alerten nu. Det blir inte lätt. Och betydligt farligare. De kommer att vara beredda."

"Jag vet", svarade Marguerite. "Men Lucia kan skaffa en bättre mätare. En som ger utslag på avstånd." Hon tog Lucias hand och kramade den. Lucia nickade men jag såg att hennes anletsdrag inte avslöjade allt hon tänkte. Jag undrade varför Lucia fortfarande var beredd att hjälpa oss. Vi hade inte avslöjat henne i polisförhören och hon kunde lämna allt detta skuldfri. Men jag såg att hennes band med Marguerite var starkt, starkare än jag någonsin skulle förstå.

Marguerite fortsatte: "Vi går dit när det har blivit mörkt, håller oss till bakgårdarna och går den vägen från hus till hus, tills vi kontrollerat alla kvarter i området. Vi måste hitta hotet och eliminera det." Hon bet sig i läppen och tillade med bruten stämma: "Vi måste helt enkelt." Hennes hand skakade lätt.

Jag förstod hur hon kände sig. Det var ingen lätt uppgift. Jag tog henne i min famn. Hon gav mig en blick av lättnad. Vi skulle försöka. En gång till.

Jag öppnade fönstret i gästrummet, då jag gick och lade mig. Marguerite sov med Lucia i det andra sovrummet. De gula nylongardinerna fladdrade lätt i den sydliga kvällsbrisen. Ovanför de smutsiga hustaken syntes ännu en strimma klarblå himmel. En blandning av spanska och valencianska ord nådde upp till mig över bruset av den fjärran kvällstrafiken på stadens genomfartsleder. Ljuden störde mig inte alls. Jag somnade omedelbart.

Jag flöt upp ur djupet av en drömlös sömn för att inse att min mobil ringde. Ett glödhett solsken slog emot mig som en laserstråle när jag sträckte ut ena armen och fällde mobilen på golvet. Jag trevade efter den bland dammet under sängen.

Jag hörde en svag, artig röst: "God morgon. Är det Stefano?"

Det var en varm, behagligt modulerad röst med den vårdade klarhet som kännetecknar den för vilken engelskan fortfarande är ett främmande språk, sak samma hur väl inlärt det är. Men jag grimaserade lätt då jag hörde namnet. Det var inte mitt riktiga namn. Det var ett alias jag ibland använde i min praktik. För de mest besvärliga och efterhängsna patienterna.

"Ja", svarade jag med rosslig röst. "Vem är det här?"

"Jesus Montoya. Från Dolores. Kommer ni ihåg?"

Javisst kom jag ihåg honom. Och i samma stund ångrade jag att jag hade gett honom mitt telefonnummer. Han ringde vid de mest olämpliga tillfällen och hade sällan något verkligt problem. Mestadels ville han bara snacka bort en del av tiden. Men han hade drabbats av enstaka närkontakter liksom mina andra patienter.

Jag kände ingen sympati för honom. "Min mottagning är stängd", sa jag därför korthugget och bestämt.

"Ja, jag vill inte beställa tid. Jag har fått besked att mina problem är över. Inga närkontakter mera. Jag har bara ett meddelande till er."

"Vad då", frågade jag ilsket. "Vem har påstått det? Att de är över." Jag skakade på huvudet. "Jag menar, vilket meddelande?"

"Jag bara förstod det då jag vaknade i morse", svarade rösten i telefon. "Och då kom jag också ihåg meddelandet."

"Ja, vad då?"

"Det finns flera. Börja på ranchen."

"Vad då, flera? Ranchen? Vad betyder det?"

"Jag vet inte. Jag hade budskapet i mitt huvud i morse, då jag vaknade. Och uppmaningen var att kontakta er genast. Det är allt jag kommer ihåg. Ring doktor Stefano och säg att det finns flera och att ni ska börja på ranchen. Jag vet inte ens vad som avses med det. Men meddelandet är viktigt. Så mycket förstod jag."

"Tack", var allt jag i mitt förvirrade tillstånd lyckades säga.

"Ingen orsak", sa rösten. "Adjö."

Samtalet bröts lika plötsligt som det hade börjat. Jag fick en känsla av att jag inte skulle höra av Jesus Montoya mera. Han var färdig med närkontakterna och med mig. I mitt stilla sinne önskade jag honom lycka till.

Samtalet hade fått mig att tänka efter. Jag ändrade åsikt om dagens program.

"Vi börjar med husägarens ranch", förklarade jag, då Marguerite och Lucia vaknade. "Det är konstigt att lagra så stora mängder konstgödsel mitt i staden, när

109

ägaren kan ha dem på sitt lantbruk utanför staden. Tycker ni inte det? Varför här?"

"Du har rätt", instämde Lucia. "Så gör inte andra bönder i trakten. Har aldrig hört om något sådant i alla fall."

"Men de övriga kvarteren då", protesterade Marguerite.

"Vi tar dem senare", förklarade jag. "Det är ingen brådska."

"Men tänk om det är", svarade Marguerite. "Tänk om vi inte har så mycket tid på oss. Om varel..."

Jag avbröt henne, innan hon nämnde varelserna. Vi hade inte berättat om dem för Lucia. Jag trodde inte hon skulle vara så villig att hjälpa oss, om hon trodde att vi var ett par virrhjärnor, vilkas fantasi gick på högvarv. Jag hade emellanåt mina tvivel själv.

"Vi tar en sak i gången", sa jag och höjde ett finger för att varna Marguerite. Jag ville inte att hon skulle försäga sig.

"Men hur ska vi hitta ranchen", frågade hon.

"Kommissarie Garcia nämnde att den ligger nära staden. Det kan inte vara svårt att kolla husägarens uppgifter och sedan ta reda på adressen." Jag vände mig mot Lucia och frågade: "Eller hur?"

Lucia skakade på huvudet och knäppte på sin mobil. Några minuter senare hade vi adressen. Jag hämtade bilen och sedan var vi, det vill säga jag och Marguerite på väg. Men först efter att Lucia hade hämtat en ny geigermätare åt oss. Jag fick intryck av att hon kunde skaffa vad som helst. Hennes kontaktnätverk var ofattbart stort. Men det blir väl så då man lever under existensminimum, tänkte jag. Då får man kontakter, som man är beroende av men som också är beroende av dig. Kontakter som inte säger nej, när man ber om hjälp.

Vi åkte ut ur staden och hamnade snart på landsbygden omringade av tät buskvegetation på båda sidor av vägen. Där fanns också förkolnade och svärtade ställen, ett resultat av markbränder tidigare under sommaren. När vi lämnade asfaltvägarna steg ett kvävande rött dammoln upp som en mur bakom oss. Till slut skumpade vi fram på en smal landsväg som blev allt sämre i den mån träden och buskarna slöt sig tätare runt oss.

Ranchen låg utanför den lilla byn Formentera ungefär två mil väster om Valencia. Resan tog oss bara en timme. Vi åkte inte ända fram utan parkerade nära en höjd, som gav oss fri utsikt över ranchen och dess omgivningar. Det pågick livlig aktivitet utanför och inne i de stora lagerbyggnaderna. Det var skördetid och odlingarna runt ranchen kryllade av arbetare. Apelsinerna och citronerna var mogna. Också grönsaksfälten hade gästarbetare på plats.

Det skulle inte bli svårt att smälta in i miljön. Allt som krävdes var att vi såg ut som arbetare. Sex män vid den största lagerbyggnaden lastade lådor från en traktorkärra in i byggnaden. De samarbetade likt en gammaldags hinkkedja som släckte en eldsvåda. De skickade lådorna mellan sig, från hand till hand, uppför en bred trappa in i byggnaden.

En förman granskade innehållet genast lådorna placerades på en hylla. Varje gång han gjorde det tog männen som lastade av paus ett ögonblick och tittade på, tacksamma att få vila en stund. Arbetet pågick ända fram till siestan. Då gick männen upp till huvudbygg-

111

naden. Lantarbetarna på åkrarna åkte iväg med sin paketbilar. Det blev tyst på gården.

Vår tur. Vi var de flitiga arbetarna som inte vilade. Frukterna tog ingen siesta så varför vi. På vägen mot lagerbyggnaden hittade jag en tom låda, som jag kastade upp på axeln. Marguerite valde att inte bära på någonting utan gled fram som en osynlig skugga vid min sida.

Vi steg in i lagerbyggnadens dunkel. Det tog en stund att vänja sig av med det bländande solskenet utanför. Byggnaden var en kombinerad förrådsbyggnad och ladugård. Längre in fanns bås, vars golv var täckta med smutsig halm. Det låg damm överallt och jag fick plötsligt svårt att andas. Jag vet inte om det var dammet eller spänningen som utlöste astman. Kanske båda.

Jag hejdade Marguerite och tog djupa andetag. Jag kände mig plötsligt som en fisk på land. Medicinen hade jag glömt och det enda jag kunde göra nu var att fixera min blick på något på golvet och andas in och ut. Korta andetag. In och ut. In och ut.

Långsamt och koncentrerat.

Få luft i lungorna.

Lite i taget.

Du klarar det. Ingen panik. Du har klarat dylika attacker förut. Du kan göra det igen. Andas. Långsamt. In och ut. In och ut.

När jag äntligen sträckte på mig, gav jag Marguerite ett ansträngt leende. Mina muskler slappnade av och andhämtningen blev normal och regelbunden. Inget kippande efter andan som för en stund sedan. Marguerite tog min hand och tittade mig rakt i ögonen. Jag viftade bort henne. Ingenting, allt är bra, signalerade jag.

Vi gick åt varsitt håll och undersökte lagerbyggnaden, tum för tum. Geigermätaren gav svaga utslag i ett av båsen. Signalen visade att radioaktivt material hade placerats här rätt nyligen, men det fanns inte kvar, eftersom nålen inte hoppade fram och tillbaka. Tankar virvlade genom mitt huvud. Vi var på rätt spår, men inte på rätt ställe. Marguerite hade undersökt lådorna och jag pekade på dem. Hon skakade på huvudet. Ingenting. Jag svepte för säkerhets skull med geigermätaren över dem, men den gav inget utslag. Marguerite pekade mot utgången och jag nickade. Bäst att ge sig av, innan arbetarna återvände.

Jag hade dock hållit reda på tiden. På ett ungefär kunde jag mäta den utan klocka, som jag för övrigt aldrig använde, då jag åkte hemifrån. Hemma var tiden viktig men inte då jag var borta. Då ville jag vara fri från tidens begränsningar.

Enligt min interna klocka hade vi undersökt lagerbyggnaden en halv timme. Arbetarna skulle ha siesta i ett par timmar minst. Under den hetaste perioden. Siestan var någonting jag inte förstod, men nu när det var så här hett insåg jag det vettiga i systemet. Men det blev långa arbetsdagar för de spanska arbetarna. Mina sympatier var dock bortkastade. Om jag hade rätt fanns det inga arbetare med rent mjöl i påsen på denna ranch. Eller så blev de lurade.

Följande steg var att undersöka ladugården. Det var bara att följa stanken. Fem hästar stod i sina spiltor i ena ändan av ladugården. En av hästarna stampade otåligt, då jag öppnade dörren. Hästarna var inte radioaktiva. Inte korna heller. Ingen av dem hade tuggat i sig kärnbränsle den senaste tiden.

Jag rynkade på näsan åt lukten, som trängde sig in i varje por. Jag har aldrig tyckt om djur. Vissa människor tycker om att klappa en häst eller en hund eller en katt genast de ser en, men jag hade aldrig haft en sådan längtan. Djur var helt enkelt inte min grej. Kanske var jag rädd att djuren kunde avläsa hur vidrig människa jag i grund och botten var.

Vi gömde oss i skuggan utanför ladugården. Skuggan gav ingen svalka. Hettan pressade på oss från alla håll och jag längtade efter något att dricka. Jag borde ha tagit med mig vattenflaskan, men jag ville inte bära på något extra och därför hade jag lämnat den i bilen. Tyst och låt bli att klaga, sa min inre röst. Den hade ofta rätt.

Ladugården låg minst trehundra meter från huvudbyggnaden, som var vårt nästa mål.

”Borde vi vänta tills det blir mörkt”, frågade Marguerite.

”Kanske lika bra det”, svarade jag resignerat. ”Men jag tror inte vi hittar något i huvudbyggnaden heller. De svaga utslagen i lagerbyggnaden är nog allt vi får.”

”Men vi måste vara säkra och kolla”, invände Marguerite.

”Självklart”, sa jag.

Med det ordet tog jag hennes hand och smög tätt längs ladugårdsväggen till buskarna bakom och uppför den lilla kullen. Jag kastade ännu en blick över ranchen. Fanns där andra tänkbara gömställen? Nej, huset och de två byggnaderna. Det var allt. En rostig traktor skräpade bakom ladugården. Modernare maskiner än så verkade inte finnas på ranchen. Allt transporterades i de små paketbilarna vi tidigare sett.

Min bil stod gömd i ett buskage och smälte fullständigt in i omgivningen med sin gröna färg. Jag ställde mig på grusvägen, som ledde in till staden, och såg mig omkring. Jag riktade blicken mot den värmeböljande horisonten. Längst bort låg bergen i ett slags suddigt dis. Annars var landskapet vidsträckt och öde. Flackt, ändlöst, inga synliga landmärken. En blek strimma av den annalkande skymningen. Solen skulle snart gå ned och kvällen skulle föra med sig den fuktiga nattdoften av åkrarnas växande gröda.

Det här var hästtrakter. En ridstig löpte parallellt med vägen ner i terrängen bakom oss. Ändlösa, flacka grässlätter och här och där enstaka knotiga träd, vars grenar svajade i den lätta brisen. Törsten gjorde sig påmind och jag hämtade vattenflaskan från bilen. Bilen var kvav och het. Inget bra ställe att vila på.

Vi väntade i den lilla skugga bilen gav tills den stora röda skivan vid horisonten sjönk bakom bergen. De sista strålarna skimrade ut i rymden. Det såg ut som om bergsmassiven i väster fick en helgongloria över sig.

Jag räckte vattenflaskan åt Marguerite. "Kom", sa jag och pekade på en kulle i närheten. "Vi letar efter ett passligt ställe på andra sidan."

"Men om det finns ormar här. Eller skorpioner. Varför kan vi inte vänta i bilen?"

"Tro mig, du vill inte sitta i bilen. Inte på ett tag. Och ormarna och skorpionerna skrämmer vi bort genom att stampa i marken några gånger."

"Är det så enkelt?"

"Jepp, det är det", ljög jag. Jag tog henne i armen och föste henne med milt våld uppför kullen. Vi hittade en bra plats under två cypresser och slog oss ner.

Men först efter att Marguerite hade stampat i marken länge och väl.

"Sluta nu" bad jag, "du river bara upp damm."

"Ja, men skorpionerna."

"Du ger mig en ny astmaattack", utbrast jag, vilket fick henne äntligen att sluta. "Det är värre än skorpionerna."

"Varför tog vi ingen mat med", frågade hon efter en stund.

"Säg det", svarade jag. "Vi är tydligen inte bra på att planera. Men jag kan gå och stjäla några apelsiner från träden där borta om du vill."

"Det kan jag göra själv", sa hon resolut. "Du kan stanna och göra skorpionerna sällskap."

"Tack för omtanken", sa jag med ett instämmande flin. "Plocka några apelsiner åt mig också. Om de är mogna."

"De är alltid mogna den här tiden på året", svarade hon med en förnärmad knyck på nacken och så försvann hon i terrängen.

Jag slöt ögonen och beredde mig på en lång väntan. Men Marguerite var snart tillbaka med famnen full av apelsiner. Jag trodde inte jag var hungrig, men då jag kände doften från apelsinerna skalade jag snabbt en frukt och sög i mig saften från klyftorna. Apelsinen smakade härligt.

När måltiden var slut, krävde jag att Marguerite skulle lägga sig bredvid mig och sova en stund. Hon tittade misstänksamt först på mig och sedan på marken, men så lydde hon och lade sig ned på jackan som jag bredde ut. Molnen hade dragit västerut och det var nästan klart på himlen. Stjärnorna glimmade nu plötsligt som smycken på svart sammet. Jag satte armen under Marguerites huvud och snart föll vi in i en lätt sömn.

Jag vaknade med ett ryck. Det var helmörkt och jag kom inte ihåg var jag befann mig. Det hördes röster och en hund skällde. Rösterna var på väg i vår riktning. Jag ruskade lätt Marguerite och satte handen över hennes mun. Hon förstod. Fotsteg på stigen. De kom närmare men sedan försvann de bortåt igen. Någon ropade och hunden skällde igen.

Människorna försvann längs vägen men hunden hade noterat vårt gömställe och närmade sig för att undersöka. Den skällde ilsket, då den upptäckte oss i vårt gömställe. Sjuttons otur, tänkte jag. Och jag som inte tycker om djur. Hunden hade knappast några varma känslor för mig heller så som den bar sig åt. Den reste ragg och morrade.

Människorna nere på vägen kallade på den, men den vägrade lyda. Jag letade efter en käpp eller en sten att kasta, men hittade inget handgripligt. Hunden stirrade ilsket på oss. Den var stor och såg ut som en varg, eftersom den täta pälsen var grå men undersidan blek, nästan ljust vit.

Hunden hade en muskulös kropp. Bröstkorgen var djup och lång och benstommen stark. Huvudet var kilformigt med strama läppar och hunden hade kraftiga käkar och vassa huggtänder, som den ständigt visade i ett ilsket grin. Detta åtföljdes igen av ett dovt mullrande från någonstans djupt nere i djurets inre. Ingen glad välkomsthälsning precis.

Den såg ut som om den kunde bita huvudet av en människa utan att ens blinka av ansträngning. Jag var på väg att drabbas av panik, då Marguerite plötsligt kallade på hunden och bjöd den en apelsinklyfta. Hun-

117

den morrade först ilsket, men närmade sig sedan försiktigt och snappade apelsinklyftan ur Marguerites hand. Odjuret svalde den i ett nafs. Sedan hörde hunden lockropen och rusade ner till vägen. Rösterna och fotstegen försvann.

"Där ser du", sa Marguerite, "med lite vänlighet kommer du långt."

Jag svalde tungt men lättad över att besten inte hade slitit mig i stycken. "Vänlighet ja, men såg du de vassa tänderna", invände jag. "Tänk om han inte hade gillat apelsiner."

"Alla hundar gillar att bli bjudna på något. Om de inte vill äta kommer de i alla fall fram och nosar på det. Det är allt som behövs. Sedan har du en vän för livet."

"Det har jag svårt att tro", mumlade jag och var glad att vi var ensamma igen.

Vi delade resten av apelsinen. "Okej, upp med dig", sa jag. "Vi har ett jobb att utföra."

"Kan vi hämta ficklampan från bilen först", frågade Marguerite.

"Behövs inte, den är här", svarade jag och visade lampan i min hand.

Jag försäkrade mig om att de tillfälliga besökarna var borta, innan jag tände ficklampan. Jag var mån om att rikta lampans ljus stadigt mot marken. En halvmåne lyste upp landskapet så pass att vi uppfattade konturerna runt omkring oss. Landskapet såg dystert ut i halvmörkret. Sedan höjde jag blicken ett par grader och tittade på de väldiga bergen som strävade uppåt vid horisonten. De var massiva och likgiltiga. Hade stått där i tusentals år.

Dimstråk drog genom ravinerna längre bort. Vi vandrade försiktigt ner till vägen aktsamma för att inte snava på förrädiska stenar eller kvistar. På andra sidan vägen hittade vi samma stig vi gått på några timmar tidigare. Stigen slingrade uppför kullen. Den var framkomlig i ficklampans sken. Efter hundra meter befann vi oss inne bland de höga pinjeträden. Under de paraplyformade trädkronorna med sina barrtäckta grenar var marken bar. Inte så mycket som ett grässtrå växte här.

Vi passerade toppen av kullen. I öster var stadens ljus bara nätt och jämnt synliga mellan träden där stigen löpte fram. Rakt österut vette bergssluttningarna mot tät skog. Där det inte fanns träd fanns det branta och livsfarliga raviner. Många räddningsaktioner i raviner hade under årens lopp figurerat i massmedia. Vandrare som stigit snett och brutit armar eller ben och som slutligen blivit räddade med helikopter.

Ingen helikopter skulle vänta på oss, ifall det skedde något oförutsett. Vi var där på ödemarkens villkor. Jag kopplade bort de dystra tankarna och släckte lampan. Det lilla månljus som fanns fick räcka till för den fortsatta vandringen. Vi smög ner och över åkrarna fram till huvudbyggnaden. Jag såg inga vakter. Gården såg helt annorlunda ut i månljuset. Den var nästan spöklik med sina grått murade väggar.

Vår avsikt var att gå runt huvudbyggnaden med mätaren och kontrollera strålningen. Om det fanns kärnvapen i byggnaden skulle mätaren visa det. Vad som hände efter det bestämde vi sedan. Jag höll krampaktigt i mätaren och placerade hörlurarna så att de täckte bara det ena örat. Jag ville ha alla sinnen på helspänn, ifall vi blev upptäckta.

Det hördes inga knäppningar och mätaren höll sig hela tiden på noll. Jag svängde runt hörnet och plötsligt

119

bröt hela helvetet lös. Jag hade inte tidigare noterat snubbeltråden men nu låg den där på marken i två delar. Lampor blinkade och en siren ylade som om någon plågade livet ur den. Ljudet skrämde livet ur mig. Samtidigt hoppade geigermätarens nål som om den hade blivit tokig.

Vi fattade ett snabbt beslut och rusade ut i terrängen. Vårt mål var det som syntes närmast, bergssluttningarna. Och ravinerna. Jag sprang först och hörde Marguerite flämta bakom mig. Nu hördes också röster från gården och starka strålkastare svepte plötsligt över nejden. Av en slump upptäckte förföljarna oss inte genast. Däremot hjälpte strålkastarna mig att se terrängen framför mig.

Jag hörde något som lät som skott men kulorna visslade åt annat håll. Jag ökade takten och hoppade över kvistar och sten. Mina ben var starka efter tusentals kilometer av cykelåkning. Armarna var dock svaga och kom det till slagsmål var jag utan vidare den förlorande parten. Därför sprang jag för livet.

Geigermätaren hade jag fortfarande i ett fast grepp i min vänstra hand. Jag kom till en ravin och undrade om vi skulle springa runt den. Jag svängde mig om för att fråga Marguerite, men såg henne inte. Jag spanade in i mörkret. Var sjutton fanns hon? Jag lyssnade intensivt men hörde inga fotsteg. Inga häftiga andetag i den kyliga nattluften. Bara mina egna flåsningar.

Marguerite måste ha tagit en annan väg. Jag övergav snabbt tanken på att leta efter henne. Jag måste vidare. Jag tog den mest otänkbara rutten, ner i ravinen. Jag hoppade från sten till sten och sprang emellanåt korta sträckor där terrängen var slät. Jag sprang försiktigt för att inte åstadkomma stenras. Rösterna var avlägsna nu och inga flera skott hördes. Jag nådde ravinens andra sida och klättrade uppför den. Jag skar mig på de taggiga törnbuskarna. Några taggar trängde in i fingrarna men jag hade inte tid att dra ut dem. Även om förföljarna nu tycktes vara långt borta, var det bara en tidsfråga när de skulle hinna upp mig. Det här var deras hemtrakter. Mina misstankar bekräftades några minuter senare. Hotfulla skuggor av en patrull på fem-sex män syntes för ett kort ögonblick uppe på en kulle bakom mig. Hur långt borta var de? Kanske femhundra meter.

För att väcka männens uppmärksamhet skrek jag högt som om jag hade snubblat på någonting. Om männen följde mig skulle Marguerite ha en chans att komma undan. Ett skott följde men det träffade endast stenar långt ifrån mig.

Som ett jagat djur försvann jag in i skuggorna. Förtvivlan grep sin kalla hand om mig. Lungorna värkte och sprängde. Jag började nå gränsen för vad jag orkade. Slutet skulle snart komma och jag beredde mig på det värsta. Desperat såg jag åt höger och vänster. Det var då jag fick syn på en öppning i sluttningen på en liten kulle. Förföljarna var närmare nu och kunde dyka upp när som helst. Blixtsnabbt vek jag av mot hålan och störtade in i den. Där inne kastade jag mig raklång på marken och låg stilla i halvmörkret, tungt flämtande.

Jag drog ett djupt andetag och andades långsamt ut.

Ett till.

Därefter ännu ett.

Sedan låg jag alldeles stilla.

Väntade på det oundvikliga.

Där ute hörde jag patrullen rusa förbi. Jag drog en djup suck av lättnad. Räddad för ögonblicket. Men jag visste mycket väl att det var en tillfällig lättnad. Förföljarna skulle snart inse att jag hade lurat dem. De skulle sakna ljudet av mina steg och min silhuett mot himlen. Sedan skulle de komma tillbaka och söka igenom varje skreva, varje möjligt gömställe. De skulle utan tvivel hitta min håla förr eller senare.

Så snart jag hade hämtat andan reste jag mig upp på knä. Bergen var min enda räddning. Jag drog tankspritt ut några små taggar ur mina fingrar. I samma ögonblick hejdade en ilsken väsning mig. Svarta skuggor krälade mot mig. Jag stelnade av skräck. Hålan var full av huggormar och de hade vaknat av min plötsliga dykning ner i öppningen. Utgången var plötsligt spärrad och likaså möjligheten att retirera längre ner i hålan. Jag var fångad i ormarnas listiga fälla.

Jag kröp ihop och väntade. Då ormarna anföll tänkte jag ta ett snabbt språng över dem och lita på att min goda tur skulle hålla i sig. Men planen gick om intet, då jag såg den breda massan av ormar. Om jag skulle hoppa skulle jag i bästa fall hamna mitt i ormhögen. Tanken fick mig att rysa.

Mina ögon riktade sig uppåt. Jag såg en liten skreva i klippblocket ovanför mig. Utan att tänka efter hoppade jag upp och famlade frenetiskt efter ett passligt grepp. Mina fingrar fick tag om en liten utbuktning och jag hävde mig upp. Det var i sista sekunden. Ormarna krälade redan på platsen jag just hade lämnat.

Fingrarna blev snart styva av den vassa kanten. Jag sparkade med benen och lyckades svinga mig längre upp. Därefter klättrade jag vidare upp och runt klippblocket. Jag var ute i det fria. En obeskrivlig lättnad svepte över mig. Euforin dämpades bara av oron för Marguerite. Men jag hade inte tid att tänka på det nu.

Jag hoppade ner på andra sidan klippan och tog igen till flykten. Ormarna hade skrämt mig mera än förföljarna och jag ville genast bort från den farliga trakten. Jag fortsatte således för full maskin. Efter några kilometer var jag dock tvungen att dämpa på takten. Mina flåsningar började bli väl högljudda. De hördes förmodligen över långa sträckor i den tysta natten. Jag sjönk ner på knä bakom ett klippblock och vilade.

Jag undrade vart Marguerite hade tagit vägen. Jag lyssnade intensivt. Inga rörelser, inga ljud. Bara min tunga andhämtning. Om hon hade sluppit undan hade hon förmodligen förstånd att gömma sig. Och sedan i dagsljus ta sig till bilen och vänta på mig där. Vårt tidigare gömställe var ett bra alternativ. Jag lugnade mina farhågor med att vi skulle träffas där.

Jag borde också söka ett säkert gömställe. Någonstans uppe på en av kullarna längre bort. Jag spanade i halvmörkret och tog mig mödosamt upp på fötter igen. Kroppen värkte som om den hade gått igenom den hårdaste träning på ett gym. Men mina ben brukade hämta sig snabbt efter ett hårt pass på cykeln. Så skedde också nu.

No problema.

Inget problem.

Om du inte gör det till ett.

Jag klättrade uppför kullen och tittade bort mot ranchen. Där var ljusen fortfarande tända och det verkade gå livligt till att döma av de små skuggor som rusade fram och tillbaka på gården. Vårt oväntade besök hade bekräftat mina misstankar. Allt stod inte rätt till på ranchen.

Skottlossningen hade tystnat för länge sedan. Rösterna var för långt borta för att höras uppe på kullen. Tystnaden lägrade sig över trakten. Jag sökte upp en hög klippa och gömde mig bakom den. Vid foten av klippan fanns en grottliknande inbuktning och längst inne fanns en trevlig överraskning. En pöl med kristallklart vatten.

Jag kupade handen och sörplade i mig vatten litervis. Jag hade fortfarande geigermätaren i min hand, men hörlurarna hade jag tappat under flykten. Jag satte ner mätaren på marken och kontrollerade att den var hel. Den fungerade, men gav förstås inga utslag ute i vildmarken. Det hade varit konstigt annars. Vinden rev i min skjorta och jag lade mig ner bredvid källan. Jag nästan njöt av pausen, om jag inte hade varit så orolig för Marguerite.

Jag halvlåg under den mest vidsträckta himmel jag någonsin hade sett. Den var mörkblå, nästan svart, och enorm. Himlen kändes som en enda stor planet. Den var beströdd med miljoner klart lysande stjärnor. Avlägsna men overkligt klara. Bakom fanns det kalla, oändliga universum. Det var en natthimmel som bredde ut sig från den ena horisonten till den andra.

Vinden förde med sig svaga ljud. Tassar som prasslade i gräset. Ett djur. Jag tryckte mig mot klippan och var beredd på det värsta. Jag höll en vass sten i min hand beredd att slå till eller kasta den så fort jag fick en skymt av odjuret. Två svarta tassar och en vit nos kom till synes. Det var hunden vi hade mött tidigare.

Den morrade smått och raggen reste sig, då den fick syn på mig. Den var rädd för mig. Samma rädsla som jag kände vid närkontakterna med varelserna. En lägre stående intelligens mötte en högre. Jag räckte ut handen och lät den snusa på mina fingrar. Sedan tog jag en apelsin ur fickan, skalade den och bjöd en klyfta åt hunden. Klyftan försvann i de breda käftarna. Sedan lade hunden sig ner på magen och väntade på mera. Jag åt en klyfta själv och sedan bjöd jag en åt hunden. Den försvann också glupskt ner i hundens mage. Vi hade plötsligt blivit bästa vänner. Så fortsatte vi tills apelsinen var uppäten. Jag rapade och klappade mig på magen och försökte också klappa hunden, men det tyckte den inte om. Den reste sig och retirerade en smula. "Okej, du är mån om din självständighet", sa jag. "Det är jag också."

Det verkade som om hunden tittade frågande på mig. Jag visade upp mina tomma händer. "Det finns inget mera. Ser du? Tomt." Jag viftade med händerna. Hunden förstod. Tyst försvann den nerför kullen och in i mörkret.

Jag drog en suck av lättnad. Den hade inte lockat hit mina förföljare. Men jag hade gärna behållit hunden som sällskap. Natten kändes nu mera skrämmande. Resten av natten fick jag dock vara i fred. Sova blev det ingenting av. Spänningen släppte helt enkelt inte.

Jag var ensam i natten.

Med huvudet fullt av irrande tankar.

14

När gryningen äntligen kom, reste jag mig upp och spanade över trakten. Himlen över bergen i väster var mörkgrå och hotfull. Den lystes då och då upp av blixtar, som följdes av ett avlägset muller. Men ovädret var inte på väg åt mitt håll. Det var igen ett av dessa spanska oväder som plågade bergstrakterna men lämnade kusten oberörd.

Gården låg på cirka fem kilometers avstånd och det skulle ta minst en timme att gå dit, kanske två i den svårtillgängliga terrängen. Flämtande av ansträngning började jag klättra nerför kullen. Den var täckt här och där av vassa stenar och jag undrade hur jag hade lyckats komma förbi dem i mörkret föregående kväll utan att skada mig.

En kall och naken rädsla grep tag i mig.

Vad hade hänt Marguerite?

Jag skyndade på mina steg.

Jag gick runt ravinen jag hade sprungit tvärsigenom några timmar tidigare. Då jag såg hur snårig den var ryste jag. Jag hade mera tur än jag förtjänade.

Men turen tog plötsligt slut. Framför mig stod en man med ett gevär under armen. Det var höjt halvvägs och pekade i min riktning. Mannen hade stått gömd bakom ett klippblock och bara väntat på att jag skulle gå rakt i fällan. Jag kände mig som ett offerlamm på väg till slakten.

Vi stod öga mot öga på en meters avstånd. För en bråkdels sekund var jag alldeles tom i huvudet av överraskning och chock. Förföljarna hade fått tag i mig. Detta var slutet. Jag skulle aldrig få veta vad som hade hänt Marguerite.

Jag väntade att flera fiender skulle uppenbara sig men mannen var ensam. Inga hjälpstyrkor i närheten.

Min tur.

Tveka inte.

Ta initiativ.

Mannen var självsäker. Kanske trodde han att jag skulle reagera genom att resignerat sträcka upp händerna.

Han var inte redo.

Och långsam.

Min reaktion var i full gång innan mannens ens rört sig ur fläcken. Jag sparkade uppåt och träffade honom rakt i skrevet. Han grinade och vek sig dubbelt. Sedan slog jag honom med geigermätaren i huvudet. Mannen såg på mig med förvåning och när blicken blev slö skuffade jag honom sonika ner i ravinen. Mannen tog med sig geväret i fallet och fäktade hjälplöst med armarna. Men inte ett ljud kom över hans läppar.

Han virvlade långsamt runt i luften som en erfaren stuntman. Men han landade inte på något mjukt. Det verkade som om han bröt ryggen, eftersom det hördes ett illavarslande ljud, då han slog ned på ett stenblock tio meter längre ner.

Mannen gav inget livstecken ifrån sig. Jag såg geväret blänka i solgasset. Det lockade, men jag tänkte absolut inte klättra ner i ravinen och hämta det. Det skulle sinka mig alltför mycket. Att hitta Marguerite var min viktigaste uppgift just nu.

Luften var kall och stilla.

Jag såg inte skymten av andra förföljare, men jag fortsatte ändå i försiktig takt. Spanade och lyssnade med jämna mellanrum. Och undvek att stiga på torra kvistar och lösa stenar. Det kändes som om min hud pressades mot en kall glasskiva då jag tog stöd av ett klippblock.

Jag tog en kort paus.

Andades tyst.

Planerade.

127

Ett vapen.

Jag måste få tag i ett vapen.

En halv kilometer från ranchen stod jag framför en sänka stor som en fotbollsplan. Den var delvis naturlig, delvis framsprängd och vilade där i det tidiga solgasset. Det fanns inga gömställen i sänkan. Någon med kikare kunde lätt få syn på mig där. Jag drog mig tillbaka till skyddet av den glesa skogen och tog en omväg.

Jag satte mig på huk invid ett träd, långt in i skogen och blickade mot ranchen. Spretigt ogräs och ungträd tvingade sig upp ur den torra marken och gjorde mig praktiskt taget osynlig för nyfikna blickar. Hela området framför mig låg öde och tyst. Ännu tystare än tyst. Där vilade den fullständiga frånvaro av ljud som blir kvar när en myllrande plats överges.

Det förekom ingen aktivitet på gården. Jag undrade vad männen sysslade med. Det låg något ödesmättat över den djupa tystnaden. Det fanns inga arbetare på åkrarna heller.

Jag lyssnade igen spänt men hörde inget alls. Jag fortsatte i skydd av träden.

Sick-sack.

Sick-sack.

Från träd till träd med uppmärksamheten hela tiden stadigt riktad mot gården och byggnaderna. Ingen skymt av en enda människa. Hunden syntes inte heller till. Kanske letade den fortfarande efter ovälkomna inkräktare.

Då solen stod högt på himlen, var jag framme. Från mitt gömställe bakom ett stort pinjeträd några hundra meter från huvudbyggnaden överblickade jag gården. Två män kom ut från byggnaden och släpade på en börda. Det var en kvinna. Hon hade svårt att gå, fötterna släpade i marken och hon drog upp ett litet dammoln efter sig. Jag kände igen skorna. Det var Marguerite. Vad hade männen gjort? Jag blev heligt förbannad och önskade i den stunden att jag hade hämtat geväret ur ravinen trots allt.

Männen släpade Marguerite till lagerbyggnaden. Jag gick en lång omväg och stod snart med ryggen tätt pressad mot lagerbyggnadens bakre vägg. Den gamla traktorn stod fortfarande och rostade bland bråtet. Jag smög tyst runt den och tittade noga för att hitta ett bättre vapen än geigermätaren men hittade inget.

Till vänster om mig fanns ett högt, takförsett förråd utan väggar. Förrådet hade fyllts med höbalar radade ovanpå varandra. Bredvid fanns en dypöl, som stank av hästavföring och urin. Den illaluktande gyttjan fick mig att fortsätta snabbare.

Jag rundade hörnet och steg på något kantigt och hårt. Jag satte ner geigermätaren och tog upp plankbiten, som låg och skräpade. Den hade två korta spikar längst upp och var stadig och tjock. Sakta och försiktigt närmade jag mig framsidan med plankbiten gömd bakom ryggen.

Varenda nerv och muskel skälvde.

Var mina krafter redan uttömda?

Jag kände mig liten och utsatt.

Det kändes som om gården var full av åskådare, som bara väntade på att avslöja mig. Tusen blickar riktade mot mig. Krasandet av stenarna under mina fötter lät som åska i mina öron.

Men ingen upptäckte mig.

Ingen ropade.

Jag hörde männen prata. Den ena släpade sin börda in i lagerbyggnaden medan den andra stannade som vakt utanför. Jag kom fram till hörnet och bedömde avståndet till mannen. Fyra-fem meter minst. Även om jag rörde mig snabbt tog det några sekunder att förflytta mig från hörnet till dörren. Att ta mannen med överraskning var svårt, så gott som omöjligt. Jag beslöt mig för det långsamma alternativet. Jag steg nonchalant runt hörnet och närmade mig öppet och fullt synligt för mannen. Han var lång, nästan två meter, och kraftfullt byggd. De tjocka musklerna spelade på hans armar. Mot den här mannen hade jag ingen chans i närstrid.

Han hade ett stort huvud med en framskjutande haka, som gav honom ett aggressivt utseende. Detta förstärktes av den sluttande pannan och det kortklippta svarta håret. De magra kinderna var koppärriga och de djupt liggande blå ögonen, som såg ut som kalla marmorkulor, skuggades av buskiga ögonbryn. Allt som allt var detta en man, som hade deltagit i många hårda uppgörelser och vunnit dem alla. Att förlora en kamp fanns inte i hans begreppsvärld.

Det var hans första misstag.

Jag närmade mig och visslade sakta mest för att lugna mina nerver men också för att väcka hundens uppmärksamhet. Den låg på magen vid mannens sida och steg upp, då den fick syn på mig. Den kände igen mig och jag kände igen den.

Mannen flinade. Han hade sitt gevär slarvigt slängt över axeln. Han var inte rädd för mig, såg mig inte som ett hot.

Det var hans andra misstag.

Hans tredje misstag var att han sparkade hunden i sidan och kommenderade: "Ataque!"

Attackera. Men hunden lydde inte uppmaningen. Mannen visste inte att jag och hunden var vänner. Innan mannen hann lyfta sitt gevär, tog jag två snabba steg framåt och svängde plankbiten med ursinnig kraft. Jag satte in all min muskelstyrka i slaget.

Nu eller aldrig.

Jag fick inte en andra chans.

Slaget träffade mannen mitt i ansiktet. Träflisor yrde och spikarna trängde in i mannens ena öga. Mannens näsa blev en blodig massa. Han gav inte ett ljud ifrån sig. Det friska ögat stirrade plötsligt tomt ut i luften och han föll baklänges och raklång som en fura. Han var död innan han slog i marken. Allt som hördes var dunsen. Marken vibrerade smått. Nästan som en mindre jordbävning.

Hunden betraktade skådespelet och gav upp ett kort skall. Jag nickade och viskade till hunden: "Just det, jag tyckte inte om honom heller."

Jag plockade upp geväret och putsade mekanismen fri från damm. Jag kände igen modellen. Jag hade skjutit med ett liknande vapen föregående år. En bekant hade mer eller mindre tvingat mig till lokala skjutbanan, men det visade sig att jag fortfarande inte tyckte om att skjuta. Inte på pappersmåltavlor och än mindre på levande objekt. Jag hade återupplevt minnena från armén ute på skjutbanan och det var ingen angenäm upplevelse.

Men situationen var nu annorlunda. Jag tänkte försvara mig mot alla fiender som hotade mig. Och skydda Marguerite. Med vapen om så behövdes. Se där, jag tyckte inte om djur och inte vapen heller. Och nu hade jag plötsligt en hund som bästa vän och var be-

131

redd att använda vapnet i min hand. Så snabbt världen förändrades.

Jag laddade geväret och steg in i lagerbyggnaden. Hunden följde efter mig med tassande steg. Han verkade gilla det som skett så här långt. Det var mörkt där inne. Först såg jag ingenting, men sedan hörde jag svaga ljud från vänster. Jag blinkade för att vänja mig vid det lilla ljus som fanns.

I ett av båsen hittade vi den andra mannen och Marguerite. Hon var upphängd med ett tjockt rep i en bjälke i taket och hon hade röda strimmor på sina armar. Mannen hade en bred kökskniv i handen och förde den fram och tillbaka över Marguerites armar. Han skar henne. Jag skakade av sinnesrörelse.

Mannen svängde sig om, då han hörde oss. Han verkade inte vara förvånad. Marguerites blod droppade på golvet i spiltan. Hon såg ut som ett spöke i det bleka ljuset.

Jag stirrade stint på mannen. I samma stund vände jag mig till hunden och sa: "Ataque!" Hunden rusade genast iväg och tog sikte på mannens strupe. Mannen blev så överraskad att han inte hann lyfta kniven. Den föll till golvet och mannen föll med hunden över sig. Hunden fick ett stadigt grepp om mannens hals och släppte inte greppet, trots att mannen kämpade emot med fäktande armar.

Mannen var genast i underläge utan att inse det. Hunden hade tränat attacken kanske hundratals gånger och gav inte upp så lätt. Mannens händer utgjorde inget motstånd mot hundens starka muskler och senor. Tänderna bet sig allt djupare in i mannens hals. Snart föll mannens armar till sidan och han drog ett sista rosslande andetag.

Hunden släppte sitt grepp och jag nickade och sa: "Bra gjort."

Jag knöt upp repen som band fast Marguerite vid bjälken. Hon föll ihop medvetslös i mina armar. Jag placerade henne på golvet och virade in henne i min jacka. Sedan tog jag henne i min famn och bar ut henne. Hunden följde mig, men jag sa plats och besten lydde. Den lade sig ner utanför dörren och fortsatte sin vakthållning som om ingenting hänt.

Jag hämtade geigermätaren och sedan bar jag min dyrbara börda in i skogen och uppför kullen. Geväret slängde fram och tillbaka i remmen och gav mig blåmärken. Det kändes som om någon stack mig ideligen med en högaffel i ryggen och jag sträckte på mig för att lindra värken. Marguerite var inte tung men mina krafter började ta slut. Jag stapplade som en drucken de sista metrarna och var nära att fälla henne flera gånger.

Men ner till bilen kom vi. Den stod fortfarande oupptäckt i buskaget. Jag trampade gasen i botten och körde till närmaste by där det fanns ett apotek. Bindor, plåster, trasor, vatten, antiseptisk salva och antibiotika slängde jag i en hast i en plastpåse, betalade och rusade ut.

På en ostörd parkeringsplats baddade jag Marguerites sår och förband dem provisoriskt. Lucia skulle göra ett bättre jobb senare. Såren var inte djupa, men Marguerite hade blött rikligt. Bilsätet och jackan var nersölade med blod, men det brydde jag mig inte om. Fläckarna gick att tvätta bort. Jag var mera orolig för att hon hade ådragit sig en infektion av tortyren. Men hennes panna var inte varm. Ingen feber.

Marguerite vaknade inte av behandlingen. Hon ojade sig bara svagt, som om hon såg mardrömmar om

133

det som hade hänt. Jag tvingade i henne antibiotika och vitaminer. Mera än så kunde jag inte göra för tillfället.

Jag granskade hennes händer närmare. Handlederna hade skavsår från repet och jag svor högt. Någon skulle få betala ett högt pris för det de gjort. De två döda männen räckte inte. Jag ville bränna ner gården och döda alla som bodde där. Den stegrande ilskan fick min kropp att darra.

15

Framme i Valencia var jag fylld av tankar på hämnd. Jag tänkte inte rationellt. Planerade ingenting. Jag var blind av hat.

Lucia hejdade mig i dörren. "Tänker du åka tillbaka till ranchen?"

Jag försökte tränga mig förbi utan att svara men Lucia var envis. "Gå inte", vädjade hon. "Är det skuldkänslor?"

"Nej", svarade jag. "Snarare vitt raseri, skulle jag säga."

Lucia sökte min blick men jag undvek att se henne i ögonen. Hon insåg att det var lönlöst att stoppa mig. "Kom tillbaka snart. Marguerite behöver dig." Efter dessa ord skuffade hon ut mig i trappuppgången och stängde dörren med en smäll.

En smula förbluffad tittade jag på den stängda dörren. Men stunden blev inte lång. Snart sprang jag nerför trapporna med långa steg.

När bilen började rulla kände jag att adrenalinet kom strömmande. Allt hände så fort. Saker som jag inte riktigt förstod. Men det var okej. Jag lovade mig själv att jag snart skulle förstå.

Det hade blivit mörkt igen och jag hade problem att hitta den rätta avtagsvägen. Men jag hittade den till slut och parkerade bilen i samma buskage som tidigare. Jag tog med mig ficklampan och geväret. Jag hade små köttbitar i en påse. De var avsedda för hunden. Den var värd en belöning.

Kullen var inte särskilt hög. Kanske tjugofem meter och belägen cirka femhundra meter från ranchens huvudbyggnad. Himlen hade nu tagit en olycksbådande nyans och träden började likna osaliga skuggor som följde varje steg jag tog.

En kraftig vindpust från havet virvlade omkring mig och fick mig att nära nog tappa balansen. Medan jag kämpade uppför kullen kände jag plötsligt hur trött jag var. Varje steg var kvalfyllt och jag insåg att jag inte var i stånd att kämpa mot någon i det här skicket. Jag måste äta och vila några timmar. Annars skulle jag slockna här och nu uppe på kullen.

Bilen blev min skyddszon. Jag åt torra kex jag hittade i handskfacket. Långt efter sitt bäst före datum noterade jag. Sedan gjorde jag en bädd åt mig i baksätet. Mina ben rymdes inte i det trånga utrymmet och jag fick öppna ena dörren och sticka ut benen för att överhuvudtaget få sömn.

Jag tog ingen notis om myggorna, som surrade omkring mig, utan drog bilens tunna skyddstäcke över mig tills det täckte hela huvudet. Täcket luktade sand, bilvax och rengöringsmedel. De något giftiga ångorna fick mig förmodligen att somna snabbare.

Fågelkvitter väckte mig i gryningen. En morgonröd sol kämpade fram bland nattmolnen och stack mig i ögonen. Jag kämpade upp styv och stel i kroppen. Mina knän knakade då jag böjde mig ner och försökte nå tårna. Det hade inte lyckats på flera år och lyckades inte nu heller.

Frustrerad sträckte jag på mig. Mitt beslut stod fast. Jag skulle förstöra ranchen sten för sten och hämnas på männen, som tagit Marguerite till fånga. Under natten hade jag drömt en dröm om att jag gick naken i öknen. En väldig läktare hade byggts för åskådare, som följde min trötta marsch i solgasset. De hejade och manade mig framåt. Men ingen kom för att hjälpa mig.

Jag insåg drömmens betydelse. Också i verkligheten var jag ensam och hade ingen att lita på. Det jag tänkte göra var fyllt av faror. Jag visste inte ens hur många män som fanns på ranchen. Men det spelade ingen roll. Jag tänkte fortfarande inte rationellt. Det enda som snurrade i min hjärna var tanken på vedergällning.

Med geväret i höger hand och köttpåsen i fickan gick jag längs stigen uppför den bekanta kullen och ner på andra sidan. Jag joggade obesvärat ner till den närmaste åkern utan att stanna. Fotfästet var dåligt och jag halkade emellanåt i små laviner av grus och använde mig av de små förkrympta buskarna längs sidorna för att bromsa farten. Jag steg ut i den öppna terrängen och kände den första fläkten av den nya dagen på mina kinder när jag lämnade buskarna bakom mig.

Jag väjde för högen av lösa stenar vid foten av kullen och stannade bakom ett smalt och högt klippblock. Där satte jag mig på huk och lyssnade. Ekot av mina fotsteg mullrade och dog bort i tystnaden. Jag blickade över gården och noterade alla detaljer. Huset var byggt av grått tegel och täckt med ett gammaldags halmtak.

Det saknade den vita målfärg som vanligtvis kännetecknade spanska lanthus.

Lagerbyggnadens dörr var stängd och huvudbyggnaden verkade tom och öde. Hade ranchen övergetts? Hade männen tagit till flykten? Nej, dörren till huvudbyggnaden öppnades och ut kom två män. De kämpade med varsin tung låda. Den ena mannen fällde sin och fick skällor av den andra mannen. Mannen som fällt sin låda tog ett bättre grepp om den otympliga bördan och följde svärande sin kamrat.

De placerade lådorna ovanpå varandra en bit från huset. Den ena mannen hämtade en paketbil, som hade stått gömd någonstans bakom huset, och tillsammans lastade de lådorna i bilens bagageutrymme.

Jag brann av lust att skjuta männen där de stod. Men jag var en dålig skytt och träffade knappast någonting på det avståndet. Jag var tvungen att vänta på en bättre chans. Männen försvann in i huvudbyggnaden.

Med bilen som skydd mellan mig och huvudbyggnaden började jag krypa framåt på händer och knän. Jag nådde bilen utan missöden. Jag öppnade försiktigt dörren och såg nyckeln hänga i startlåset. Jag snappade den åt mig och slängde den i buskarna på andra sidan gårdsplanen. En trevlig överraskning och förhoppningsvis den första i en rad av andra kommande kallduschar. Det skulle ge mig tid att planera annat sattyg åt dem.

Allt var mycket stilla och tyst. Och själva tystnaden verkade laddad på ett annorlunda sätt än några minuter tidigare. Det var som om naturen höll andan och väntade på vad som skulle hända. Min andedräkt bildade en matt frostig hinna på gevärets metalldelar.

Jag smög ner till lagerbyggnaden och fick upp de stora skjutdörrarna. Det var beckmörkt därinne. Jag såg ingenting. Jag kände en märklig lukt, en stank av fukt och död. Någonting låg i min väg och jag föll plötsligt pladask på golvet. Geväret flög in i ett hörn och jag fick munnen full av halm och damm. Jag spottade och letade frenetiskt efter geväret. Vad hade jag snubblat över? En liten kropp.

Jag hittade geväret och öppnade dörren på glänt för att släppa in lite ljus. Mina misstankar besannades. Det var hunden. Den hade blivit skjuten i huvudet. Männen hade dragit slutsatsen att hunden hade dödat en av deras kollegor och omedelbart bestraffat den. Jag klappade den och hoppades hunden hade fått en skön rastplats i djurens egen himmel.

Min övertygelse att jag var ute i rätt sak blev bara starkare av att se hunden ligga där på det smutsiga golvet. Som en sista gest av respekt placerade jag påsen med köttbitar framför hundens nos. "Här får du min vän", konstaterade jag och klappade hundens huvud.

Jag hittade ett fordon. En pickup med blänkande lackering. Jag drog med fingertopparna runt motorhuvens kant och trevade fram till baksidan. Bensinlocket satt löst.

Jag hade sett tomma flaskor under mitt tidigare besök och nu behövde jag bara en slang. Jag hittade ingen lös slang men då jag öppnade motorhuven rev jag loss en meterlång svart slang. Jag sög upp bensin, spottade ut vätskan och började fylla flaskorna.

Bensinen räckte gott och väl till elva flaskor. Jag placerade dem i en bortkastad ölkorg och tryckte ner små trasor i flaskhalsarna. Jag hade tillverkat elva molotovcocktails. Sedan doppade jag ett rep i den bensin

138

som blivit över och placerade den ena änden i den öppna bensintanken.

Det enda jag behövde nu var eld. Den första tändstickan fick repet genast att flamma upp. Jag sprang mot utgången och kastade mig ut i samma ögonblick som pickupens tank exploderade. Lagerbyggnadens ena vägg kollapsade och lågor började genast slicka taket. I det torra klimatet skulle lagerbyggnaden stå i full låga inom några minuter.

Jag tog en omväg runt baksidan och öppnade dörren på kreaturens sida. Djuren var redan nära panik och pressade sig ut genast de såg den öppna flyktvägen. Djuren gav mig skydd och jag närmade mig obemärkt huvudbyggnadens baksida. Flaskornas trasor hade jag redan satt eld på och jag kunde inte vänta länge till.

Dörren på framsidan slängdes upp och jag hörde springande steg. Jag kastade fyra brinnande flaskor på taket och såg att halmtaket genast fattade eld. Den femte flaskan hamnade nära bilen. Den sjätte kastade jag på verandan. Den sjunde, åttonde och nionde genom ett fönster på framsidan och de återstående två genom varsitt fönster på baksidan. Snart stod också huvudbyggnaden i lågor.

Jag ålade mig bort från huvudbyggnaden och in bland stenarna på bakgården med geväret över underarmarna, enligt modell arméns instruktionsbok. Jag gömde mig bakom det största klippblocket och reste mig och aktade mig för att sticka upp skallen ovanför kanten. Jag pressade ryggen mot klippan och tog en snabb överblick.

Jag befann mig ett stenkast från huvudbyggnaden. Hettan från lågorna börja ge sig till känna. Jag strun-

139

tade i hettan och tog noga sikte. Min avsikt var att skjuta männen en efter en genast jag fick syn på dem. En man dök upp i ett fönster, som inte hade krossats av en brandbomb. Han kikade ut utan att öppna fönstret och spanade över gårdens baksida länge och väl. Men han såg mig inte.

"Compañía de la muerte", mumlade jag och tog sikte. Avståndet var kort och jag träffade mitt i prick. Ansiktet försvann i en blodig massa. Nästa man var den som hade hämtat bilen. Han sprang till bilen och tänkte köra iväg men hittade ingen nyckel. Då han steg ur bilen, hade jag honom på kornet. Jag siktade på bröstkorgen och träffade. Mannen sjönk ihop och låg och vred sig en stund, därefter tystnade han. Benen låg i en konstig vinkel.

Hur många kvar? Gården exploderade plötsligt i liv och rörelse. Det hördes skott på framsidan. Att döma av ljuden avlossades tre vapen i tur och ordning. Jag visste inte vad de sköt på. Inga kulor visslade åt mitt håll. Kanske de återstående tre männen trodde att jag skulle ge mig tillkänna om de sköt vilt omkring sig.

Jag tog det lugnt. Jag hade hela dagen på mig. Det hade inte männen av deras brådska att döma. Men en dem hittade mig överraskande snabbt. Prasslet i gräset avslöjade dock honom. Han hade tagit sig runt på gårdens baksida och närmade sig klippblocket där jag låg. Jag svängde runt och väntade. Då jag såg benen sköt jag. Mannen föll och jag såg hans plågade ansikte. Ett skott till och hans plågor var över.

Två kvar. Jag kröp ihop i skydd av stenen. Ett skott kom farligt nära mitt huvud. Männen hade nu hittat mitt gömställe och slängde iväg kula efter kula. Kulorna rikoschetterade mot stenen med visslande ljud och flisor och damm stänkte över mig. Jag kröp undan till andra sidan och undrade om jag borde retirera. Om jag kröp längre bort skulle jag dock för en stund vara fullt synlig i gräset.

Men det fanns andra stenblock i närheten. Mycket långsamt tog jag mig fram mellan stenblocken. Jag ålade inte utan tog mig vidare framåt hopkrupen, nästan på alla fyra, eftersom jag ville ha benen under mig ifall jag skulle bli tvungen att snabbt kasta mig i skydd. Varje sten, varje klippblock och varenda trädstam kunde innebära ett tänkbart bakhåll.

Flera gånger stannade jag och lyssnade. Skotten fortsatte komma i riktning mot stenblocken, men nu en bit på sidan om mig. Kulorna visslade förbi utan att förorsaka någon skada. Jag kunde fortsätta min avledande manöver.

Jag kröp försiktigt framåt.

Stannade och lyssnade.

Och kröp vidare.

Vid ett par tillfällen var jag tvungen att välja en annan väg, eftersom jag inte kunde fortsätta i den ursprungliga riktningen utan att avslöja var jag fanns. En gång tog jag risken att krypa upp på en klippa och försiktigt sticka fram skallen. Jag såg bara ett virrvarr av mörka stenblock i skiftande storlek. Männen som sköt låg gömda bakom bilen på gården.

Jag kröp baklänges ner från klippan och fortsatte. Skuggorna var mörka och hotfulla. Jag spratt till vid minsta avvikande ljud. Men jag smög ändå vidare mycket sakta och försiktigt och fullkomligt ljudlöst. Närmade mig alltmer huvudbyggnaden trots hettan från branden.

141

Här beslutade jag stanna kvar. Jag hade börjat bli mer och mer irriterad över att vara i underläge. Dags att ändra på oddsen. Förhoppningsvis skulle männens kulor ta slut i något skede. Det verkade dock som om de hade ett väldigt ammunitionsförråd, eftersom skotten fortsatte och fortsatte.

Men kulorna träffade inte. Jag låg alldeles stilla och tog en överblick över situationen. Sedan drog jag djupt efter andan och sprintade med rekordfart i riktning mot huvudbyggnaden.

Männen verkade inte först lägga märke till min snabba förflyttning, eftersom skotten fortsatte att vissla mot stenen jag tidigare hade gömt mig bakom. Men sedan visslade kulorna igen runt mig.

Ett steg.

Två steg.

I nästa ögonblick virvlade jag genom luften med benen uppdragna under mig som vid ett simhopp. Jag landade nära väggen som en roterande boll. Medan jag fortfarande befann mig i luften hörde jag gevärsknallarna igen. Jag kunde inte avgöra hur nära jag var att bli träffad, men jag ville inte ta några fler chanser.

Min mun var alldeles torr.

Jag var inte rädd för att dö.

Men först skulle jag stoppa dessa män.

De var farliga.

Mördare.

Adrenalinet som pulserade genom min kropp fick händerna att darra en aning. Skjutandet upphörde plötsligt och i nästa ögonblick hörde jag ett fräsande ljud. Samtidigt såg jag ett svart streck blixtra förbi. Föremålet landade långt bakom mig. Dynamit! Jag slängde mig handlöst under husets stenfot och tog skydd. Det var inte en sekund för tidigt.

I nästa ögonblick exploderade världen utanför. Explosionen lät mångdubbelt förstorad i den täta tystnaden. Splitter smattrade mot husväggen och stenfoten. En rikoschetterande metallflisa brände till mot mitt ben.

Jag rullade undan till stenfotens andra sida och såg mig desperat omkring. Hettan började bli rentav outhärdlig under huset och jag hade inte mycket tid på mig. Jag kröp snabbt fram till kanten av huset. Mellan rökmolnen såg jag de båda männen fortfarande hopkrupna bakom paketbilen. Deras fötter skymtade emellanåt, då de bytte ställning. Jag lade mig på mage och tog noga sikte. På det här korta avståndet kunde jag inte missa.

Jag fick inte helt enkelt.

En av männen fick en tå avskjuten och föll tjutande ihop. För en sekund skymtade jag hans panna och jag tryckte av ännu ett skott. Mannens huvud slängdes bakåt.

Det gjorde den sista mannen helt galen. Hans steg upp och sköt skott efter skott. En automatkarbin av något slag. Hans breda kroppshydda var ett förträffligt mål. Jag tog ingen notis om träflisorna och sanden som yrde över mig utan siktade lugnt och tryckte av två snabba skott. Mannen hann bara grymta förvånat en gång. Vapnet i hans hand sjönk ner mot marken och mannens ögon spärrades upp av fasa och misstro. Han försökte klämma av ett skott men lyckades inte. Krafterna räckte inte till.

Det hemska, halvt vansinniga uttrycket i mannens ögon förändrades, karbinen föll ur hans händer och han vek sig framstupa över vapnet. Han rullade över på ena sidan med knäna uppdragna mot bröstet. Jag rusade fram och sparkade undan vapnet. Mannen såg upp på mig utan att kunna fixera blicken riktigt. Han höjde högra handen men den sjönk sedan åter slappt ner. En sista suck och sedan låg han stilla.

Ekona av den korta men intensiva eldstriden dog bort i tystnaden och det blev alldeles stilla. Endast trävirket i byggnaderna sprakade och smällde, då lågorna fortsatte att svälja det. Jag tänkte inte invänta brandkåren utan satte av i språngmarsch mot kullen och bakom den min parkerade bil.

Benen darrade av ansträngning och trötthet och min uppmärksamhet var lika med noll. När jag hade kommit halvvägs visslade en kula farligt nära mitt huvud. Jag duckade instinktivt och kastade mig omkull. Varifrån kom skottet? Och var fanns närmaste skydd? Det enda jag såg var en gammal höskrinda, som var fallfärdig och såg ut att ha övergetts för länge sedan. Men det var allt jag hade. Jag var nu ute på den öppna åkern och den som siktade på mig hade ett lätt mål.

Men motståndaren var otålig. Han missade mig med några centimeter. Jag undrade varifrån han sköt. Av ljuden att döma kom skotten någonstans uppe från kullen. Jag hade solen i ögonen och såg ingenting hur jag än kisade. Jag ålade fram till höskrindan och gjorde mig till ett så litet mål som möjligt.

Vänta.

Du har all tid i världen.

Det hade inte mannen på kullen.

Hans drag.

Allt jag behövde göra var att vänta.

Gör inget förhastat.

144

Låt mannen ta initiativet.

Vänta.

Men det var svårt att vänta. Den obekväma ställningen gjorde det extra besvärligt. Jag kollade magasinet. Bara två kulor kvar.

Inte slösa.

Varje kula måste träffa mitt i prick.

Jag fingrade nervöst på geväret och kastade en blick upp mot kullen. Ännu ingenting. Jag såg bara sol och blev nästan halvblind på kuppen. Inte bra. Jag sänkte genast blicken och koncentrerade mig på skuggorna i den närmaste omgivningen. En rännil av svett rann nerför pannan och fortsatte längs näsan för att slutligen droppa på min hand. Jag blinkade irriterat.

Koncentrera dig.

Tänk.

Lyssna.

Reagera.

Det var tyst som i graven. Tystnaden plågade mig. Vad tänkte skytten göra? Hans drag. Inte mitt. Som om han hade lytt min uppmaning hörde jag plötsligt hasande steg någonstans till höger om mig. Han hade solen precis bakom sig och han visste att jag inte såg honom. Men den vetskapen gjorde honom också oförsiktig.

Lösa stenar rasade och jag visste ungefär var mannen befann sig. Jag hade halkat på samma ställe en timme tidigare. Jag kom ihåg de förkrympta buskarna och slöt ögonen för att återskapa bilden av det torra landskapet.

Jag tog en chans och kastade en snabb blick åt mannens håll. Ett litet dammoln avslöjade honom. Jag vågade på att slänga iväg ett skott. Det träffade inte,

145

men jag hörde hur mannen slängde sig ned. Jag rusade upp och sprang åt vänster i en sned vinkel mot honom. På det sättet undvek jag solens strålar.

En sekund.

Två sekunder.

Tre sekunder.

Längre än så tog det inte. Mannen överraskades av min snabba manöver och hann inte slänga iväg ytterligare ett skott. Jag sköt igen och han duckade. I nästa sekund var jag över honom och svängde mitt gevär som en klubba. Jag missade med några centimeter, men slaget i luften fick mannen att tappa balansen. Han flög baklänges på rygg. Följande slag träffade sitt mål. Kolven träffade mannens huvud med en sådan kraft att han förblev liggande. Av ljudet att döma hade han fått mera än en hjärnskakning. Marken färgades röd och det bekräftade min gissning. Mannen skulle aldrig resa sig mera.

16

Jag var fullkomligt slut då jag äntligen var framme vid bilen. Jag såg fram emot att träffa Marguerite och Lucia igen. Aningen av ett befriande leende spred sig över mitt ansikte.

Men jag tog ut segern i förtid. Ödet hade annat i åtanke. När jag klev in i bilen fick jag följande överraskning. En gevärspipa pressades hårt mot min nacke och jag flög framåt mot ratten och slog näsan i mittkonsolen. Alldeles vimmelkantig hörde jag knappt rösten från baksätet.

"Hola, amigo!" Det var en len och mjuk stämma. Men följande uppmaning var mycket mera bestämd. "Ut!" Jag vågade inte svänga runt. Allt jag såg ur ena ögonvrån var en mörk skepnad som höjde sig hotfullt över mig. Men gevärspipan såg jag mycket tydligt och knycken uppåt så att pipan pekade rakt mot mitt ansikte var lätt att förstå.

Jag klev ur bilen och backade lugnt bort från den följd av mannen med geväret. Inombords kokade jag dock av ilska. Men utåt visade jag inga känslor. Jag stod kolugnt och väntade på mannens följande steg.

Jag hade god lust att slå in ansiktet på honom. Men blicken i mannens ögon höll mig tillbaka. Det var en blick som ville döda. Lika vansinnig som min. Jag måste vänta på en öppning. Mannens vaksamhet måste brista i något skede. Och då skulle jag vara beredd.

Men mannen verkade veta vad jag tänkte. Han höll sig hela tiden på lämpligt avstånd. Och uppmärksamheten brast inte för en sekund. Det var som om han var fullständigt fascinerad av mig. Ett personligt hat?

Hade jag sett honom förut? Kanske. Det fanns något bekant över honom. Han hade tjocka läppar och ovanpå dem fanns en bred mustasch. Om jag hade sett honom förut, kom jag inte ihåg var.

Jag svor inombords. Varför spanade jag inte några minuter, innan jag närmade mig bilen? Den storvuxna mannen hade förmodligen avslöjat sig själv förr eller senare. Jag hade lust att sparka mig själv i baken.

Mannen viftade med geväret i riktning mot ranchen. Vi gick uppför kullen och ner på andra sidan. Jag undrade vad mannen hade i tankarna. Byggnaderna stod i full låga. Där fanns inget att hämta.

Men vi gick i en halvcirkel runt ranchen och ut i ödemarken. Vi passerade en av de döda männen nedanför kullen och mannen bakom mig grymtade olycksbådande. Jag väntade mig ett slag men han knuffade mig bara i ryggen med geväret och manade mig framåt.

Vi avlägsnade oss från eldsvådorna och kom fram till ravinen jag hade passerat föregående dag. Jag hade ingen lust att kika över kanten och betrakta mannens kumpan liggande död där nere. Jag undrade om den mustaschprydda mannen visste att hans kompanjon låg där nere.

Det visste han. Jag fick en häftig spark i ryggen och flög över kanten ner i den tio meter djupa ravinen. Jag försökte dämpa fallet genom att grabba tag i växter längs ravinens vägg men de hejdade inte fallet. Mina armar flaxade hjälplöst i luften och jag landade med ansiktet före och händerna utsträckta i taggiga buskar på ravinens botten.

Taggarna drevs hårt in i min hud. De fastnade på händerna och i ansiktet. Det gjorde obeskrivligt ont. Jag kände mig som en nåldyna. Men jag hade inte landat på stenbumlingarna, vilket var tur i oturen. De taggiga buskarna dämpade mitt fall och fungerade samtidigt som en trampolin. Jag flög upp och landade på rygg i sanden bakom ett stort klippblock.

Kulor började vissla runt omkring mig som ilskna getingar. Kulorna slog ned som tunga knytnävsslag i marken.

Thump.

Thump.

Sand och skräp virvlade upp och bidrog till att göra mig allt osynligare. Jag drog en suck av lättnad. Enda

148

problemet var att mannen vid ravinens kant verkade ha mycket ammunition, eftersom eldgivningen fortsatte i flera minuter med bara några korta pauser då geväret laddades.

Jag tittade omkring. Det fanns ingenstans att ta vägen. Men mannen träffade mig inte heller så länge jag låg under klippblocket. Ibland rikoschetterade dock kulor farligt nära. Tillsvidare hade jag endast fått smärre stensplitter över mig men förr eller senare skulle en visslande kula träffa rätt. Dammet trängde också in i mun och näsa och gjorde det svårt att andas. Jag drog upp skjortan för att skydda ansiktet.

I samma ögonblick slog det mig. Den döda mannen på klippan hade en liknande mustasch som mannen vid randen av ravinen. Var de bröder? Kanske till och med tvillingar. Det skulle förklara den ursinniga beskjutningen från toppen av ravinen. Blodshämnd.

Kulorna började nu komma alltför nära. Mannen flyttade tydligen på sig för att få mig i bättre sikte. Jag kröp ännu längre in under det väldiga klippblocket och hoppades på det bästa.

Jag började dra ut taggarna ur mina händer. De hade borrat sig djupt in i skinnet och blodet vällde ut varje gång jag tog bort en tagg. Jag skrek högt av smärta. Att jag bet ihop tänderna och lät tårarna rinna skämdes jag inte för. Det här var inte rätta tillfället att visa sig modig utan taggarna måste helt enkelt ut. Ju snabbare desto bättre.

När jag fått alla taggar ur händerna fortsatte jag med ansiktet. Att ta bort taggarna där gjorde ännu mera ont. Alla nerver i kroppen verkade plötsligt koncentrera sig till ansiktet och borttagandet av taggarna gav mig skräckkänslor som jag aldrig förut upplevt. Det var som att utsätta sig för en massiv hjärtoperation utan bedövning.

Till slut var dock pinan över. Jag fick ut alla taggar hela och välbehållna. Inga rester blev kvar under huden, vilket var det allra viktigaste. Jag ignorerade det strida blodflödet. Det skulle upphöra av sig självt efter en stund.

Under tiden fortsatte kulorna att vissla runt omkring mig. Jag drog ihop mig till en liten boll och tryckte näsan mot klippan för att skydda ögonen mot stensplittret. Jag räknade långsamt till sextio. Det verkade som om mannen tog en kort paus varje minut för att ladda geväret. Men han var snabb. Jag hade inte mycket tid på mig.

Jag spände mina benmuskler.

Töjde och sträckte.

Masserade mina ben.

Och väntade.

Och lyssnade.

Mannen hade en nackdel. Han hade solen i ansiktet. Och stenarna nere i ravinen reflekterade förmodligen solskenet upp mot kanten och gjorde det än svårare att se ner i ravinen.

Jag sneglade omkring mig. Var fanns geväret? Vart hade det fallit? Det måste ligga någonstans i närheten av mannen på klippan. Jag slöt ögonen och försökte komma ihåg. Vart flög det då mannen föll? Till vänster eller till höger?

Jag spelade upp synen från föregående dag i min hjärna. Mannen föll, gjorde en kullerbytta och tog med sig geväret i fallet. Han tappade det halvvägs ner i ravinen och landade med en duns på klippan med ryggen

150

före. Geväret studsade och slog ned i sanden till höger om klippan.

Det måste således ligga på andra sidan av mitt klippblock. Jag räknade långsamt till sextio efter följande korta avbrott i skjutandet. Jag vågade mig på en snabb överblick av marken på andra sidan. Där låg det, blänkande och fint i solgasset. Men det var långt borta kanske på mer än tio meters avstånd. Det kunde lika gärna ha befunnit sig på andra sidan jordklotet.

Men geväret var min enda chans. Det fanns dock inget skydd mellan mig och geväret och jag skulle vara ytterst sårbar under mitt försök att nå det. Jag måste accelerera som en sextiometerslöpare, få tag i geväret och kasta iväg ett skott mot mannen vid ravinens kant på bråkdelen av en sekund. Omöjligt. Det insåg till och med jag. Men det var min enda chans.

Jag räknade igen till sextio och därefter en gång till. Jag masserade igen benen för att få igång blodcirkulationen. Sedan räknade jag till sextio igen. När den korta pausen i eldgivningen kom, tog jag spjärn mot klippan och rusade upp med geväret som mitt enda mål.

Nu eller aldrig.

Bry dig inte om skotten.

Spring.

Spring för livet.

Geväret var nära men ändå så långt borta. Att sikta och skjuta rätt skulle bli mitt följande problem. Om jag kom så långt.

Mannen vid ravinkanten såg vad jag tänkte göra och ändrade skottlinjen. Men han var för långsam. Eller så såg han inte så bra. Han hade dessutom flyttat sig så långt åt sidan att jag för ett kort ögonblick var skyddad av mitt höga klippblock. Ändå kändes det som ett mirakel att komma oskadd fram till geväret. Jag snappade det åt mig utan att stanna och dök ner i skydd bakom en sten. Det var inget bra skydd. Om mannen däruppe steg upp skulle han ha mig på kornet. Min ryggtavla måste utgöra ett enkelt mål på det korta avståndet.

Men mannen vågade inte stiga upp. Han låg kvar och pepprade stenen med skott ur fel vinkel. Allt jag behövde nu var ett skott som träffade rätt. Jag kollade inte ens gevärets mekanism utan litade på min fortsatta tur. Jag slängde iväg två snabba skott. Det första skottet träffade mannens gevär och då geväret rycktes ur hans hand blev hans huvud synligt för ett kort ögonblick. Det var allt jag behövde. Mannens huvud kastades bakåt då jag träffade honom i pannan och han blev liggande orörlig.

Det sista skottet ekade bort och en djup tystnad sänkte sig över ravinen. Naturens egna ljud kom tillbaka och efter en stund var fågelkvittret i full gång. Jag steg mödosamt upp och undrade hur jag skulle orka klättra upp ur ravinen. Geväret föll ur min hand och jag stapplade framåt som en drucken. Jag tittade upp mot ravinkanten.

För högt.

Inga krafter kvar.

Jag förstod att jag var tvungen att ta mig runt samma väg jag hade sprungit föregående dag. Jag följde således den uttorkade flodfåran på ravinens botten. Den slingrade sig som en orm men var täckt av ett sandlager, som hade en jämn yta. Jag släpade fötterna i sanden och vacklade emellanåt som en drucken. Det kändes som en evighet innan jag hittade sluttningen, som ledde ut ur ravinen.

152

Men upp kom jag. Jag återvände till platsen för eld-
striden. Jag betraktade den döda mannen vid ravinkan-
ten. Gevärspipan hade gått sönder då min kula träffade
den. Geväret var obrukbart och jag lät det ligga. Och
den döda mannen var bortom all hjälp. Vilket slöseri
med liv.

Jag gick snubblande i riktning mot ranchen. Det
kändes som om jag tömde mina sista krafter. I närhet-
en av lagerbyggnaden gick jag runt en kulle. Jag hade
inte sett den förut. Inte dörren heller. Det var en jord-
källare. Jag slog sönder låset med en sten. Inne i källa-
ren fanns vinflaskor uppradade på flera hyllor.

Jag slog sönder halsen på en av flaskorna och drack
girigt och glupskt. När jag hade släckt den värsta
törsten hällde jag vin över såren på händerna och bad-
dade ansiktet försiktigt med en näsduk doppad i vin.
Jag hoppades det fungerade som tillfälligt desinfekt-
ionsmedel. Såren sved men jag ignorerade smärtan.

En gammal trälåda fångade min uppmärksamhet.
Jag bröt upp locket och granskade innehållet. Runda
metallbitar i olika storlekar. Jag hade sett sådana förut.
Men de här var av modernare slag. Detonatorer för
stora bomber. Kärnvapen möjligtvis. Jag tog med mig
lådan. Men först inspekterade jag jordkällaren grund-
ligt. Den innehöll inget mera av intresse. Inga bomber.

Jag gick därifrån med släpande steg. Lådan med
tändhattarna blev till slut så tung att jag var tvungen att
överge den. Jag funderade på att oskadliggöra detona-
torerna men det skulle ta tid. Och tiden var dyrbar. Jag
hade inte heller de rätta verktygen. Därför gömde jag
lådan i en djup grop vid foten av kullen och slängde
jord över den. Ovanpå placerade jag buskar och kvistar

så att det såg naturligt ut. Jag betraktade nöjd slutresultatet. Vid en snabb granskning skulle ingen hitta lådan.

Jag sprang uppför kullen flåsande och ansträngt. Ett par gånger snavade jag över trädrötter men jag höll balansen. Armbågen slog jag dock av misstag mot ett träd och den högg till av smärta. Slaget måste ha skadat en nerv. Det ilade i hela kroppen och armen blev tillfälligt kraftlös. Den svängde fram och tillbaka som om den var ur led. Jag var tvungen att sluta springa. Skadan sände ilande smärtvågor upp längs armen ända in i hjärnans smärtcentrum. Jag hade gärna tagit skadan utan den plågsamma erfarenheten.

Men det var bara att göra det bästa av situationen. Bakom mig kände jag ännu hettan från lågorna, som steg högt upp i skyn. Då jag kom fram till bilen hörde jag de första signalerna. Brandkåren var på väg. Jag hoppades de var ute i tid. Det hade inte varit min avsikt att starta en skogsbrand. Men för sent att tänka på det nu.

Jag undrade varför brandkåren inte redan var på plats. I vanliga fall ryckte den ut på några minuter efter första alarmet. Men frånvaron gjorde att jag kunde ta mig osedd bort från den farliga trakten. Jag hoppade i bilen och gasade iväg. På huvudvägen in till staden såg jag orsaken till varför det tog så länge för brandbilarna att komma fram. Ett jordras hade täppt de båda vägfilerna på grusvägen mot Valencia. En ensam brandbil väntade på att en traktor skulle öppna en av filerna.

Andra brandbilar hade av signalerna i fjärran att döma tagit en omväg runt bergen. En polisbil stod bakom den väntande brandbilen med påslagna och blinkande blåljus. En av poliserna var på väg åt mitt håll, men jag svängde bilen och återvände samma väg jag hade kommit.

Jag kollade navigatorn och den visade småvägar som ledde söderut och så småningom förenade sig med en av de södra infartsvägarna till staden. Jag följde anvisningarna den mjukt kvinnliga rösten i navigatorn gav mig på engelska.

"Turn left."

"Straight ahead."

"Then turn right."

Efter de påfrestande upplevelserna var jag glad att äntligen höra en mänsklig och framför allt vänlig röst som sa vad jag skulle göra. Även om den var inspelad på dator.

På en av småvägarna mötte jag två brandbilar. Jag viftade med handen och önskade dem lycka till. Jag fick inget svar. Brandmännen fokuserade på sitt krävande uppdrag. Jag stannade uppe på en backe och blickade tillbaka. Lågorna syntes inte längre, men en massiv rökpelare steg upp och svepte in nejden i en mörk dimma.

De storslagna bergen i bakgrunden skimrade inte som juveler längre. Landskapet hade förändrats. Jag vände mig om och tittade åt andra hållet mot staden. Där såg ljusen inte heller lika starka och inbjudande ut som förut.

Staden hade plötsligt förlorat sin attraktionskraft. Jag fick en oroande känsla. Den spred sig från huvudet ner till magen och fick mig att må fysiskt illa.

Det bådade inte gott.

Marguerite låg till sängs halvt vaken. Hon var vimmelkantig av all medicin, som Lucia hade stoppat i henne. Jag kramade lätt hennes hand. Sedan hämtade jag en skål varmt vatten och en tvättlapp. Jag började försiktigt torka bort svetten och smutsen från hennes ansikte och från armar och händer. Sedan hittade jag hennes blå flanellskjorta och sade att hon kanske borde ta på sig den. Men hon verkade inte höra mig så jag slog mig ner på sängkanten och med Lucias hjälp bytte vi hennes svettindränkta skjorta mot en ny.

När vi klädde på henne flanellskjortan såg jag ryggraden avteckna sig och revbenens svaga kurva och det fick henne att se så bräcklig ut, som en skadad fågel. Vi var tvungna att lyfta först den ena armen, sedan den andra, och stoppa in dem i ärmarna som om hon vore en docka.

Jag fick henne att dricka te och sedan satt jag kvar bredvid henne och höll hennes hand en lång stund. Jag sade ingenting. Tids nog fick vi prata. Ju mindre hon kom ihåg av sina upplevelser på ranchen desto bättre. Och jag tänkte definitivt inte berätta något om min hämndaktion. Den skulle förbli min hemlighet.

Jag tittade på henne. Armarna var täckta av nya bandage. Hon verkade äldre och mera ömtålig än förut. Hon hade fyllt fyrtioett och fått några extra rynkor i ansiktet på grund av den senaste veckans upplevelser. Håret var rufsigt, läppstiftet utsmetat och ögonskuggan såg ut som en skorpa. Hon hade haft en lång natt. Men hon var fortfarande en av de vackraste kvinnor jag sett.

Det måste ha gått en timme eller mer innan hon sade något. Hennes anletsdrag var knappt skönjbara i den mörka lägenheten och hennes röst lät liten och svag. "Jag är ledsen. Jag är inte värd sådant besvär."

Jag tystade henne genom att lätt krama hennes hand. Jag förstod bättre än att prata om det som hade hänt. Först skulle de fysiska och psykiska såren få läka. Det enda jag visste i detta ögonblick, eller brydde mig om att veta, var att jag älskade henne.

Marguerite somnade efter en stund. Jag gick ut till Lucia. "Såren läker bra", förklarade hon. De är inte djupa. Inget att oroa sig för. Vem som än gjorde det ville bara skrämma henne."

"Och det lyckades de med", sa jag. "Såg du uttrycket i hennes ansikte? Det är som om hon har sett djävulen själv."

"Jag vet", medgav Lucia. "Men hon glömmer."

"Jag är inte så säker på det", svarade jag bistert. "Jag tror hon blir aldrig återställd. Att lägga tortyr bakom sig är ingen lätt sak."

"Kvinnor är starkare än du tror", sa Lucia. "Och Marguerite är en av de starkaste jag känner."

Jag gav henne en tveksam blick. Det var sant, men ändå. Vissa människor bar på spår av tortyr resten av sitt liv. Stark eller inte, skulle Marguerite bli sig själv igen? Någonsin?

Men Lucia hade rätt. Marguerite hämtade sig snabbt Några dagar senare var hon på benen igen och hade fått tillbaka sin tidigare friska hy. Hon var angelägen att fortsätta våra undersökningar.

"Är du galen", frågade jag. "Det slutar här. På ranchen menar jag. Vi går inte längre."

"Men jag får inte ro om vi inte kontrollerar kvarteren också. Det är enkelt. Vi går bara runt med geigermätaren och..." Hon bet sig i läppen, kom av sig.

"Där ser du", svarade jag. "Det är inte så enkelt som det ser ut. Ta det lugnt en tid."

"Jag har vilat tillräckligt", utbrast hon. "Vi gör det nu, annars kommer jag aldrig ha mod att fortsätta." Hennes röst sjönk tills den blev ett svagt kvidande. "Förstår du inte? Vi måste göra det nu."

Jag såg besvärat på henne. "Men dina armar då, de stora bandagen. Och antibiotikan du tar, den mängden fäller en häst."

Hon skakade på huvudet. "Jag känner mig bättre nu. Såren är inte infekterade. Jag slutar ta medicin." Hon stampade med foten och konstaterade ilsket: "Jag är frisk."

"Okej då", sa jag och sträckte resignerat upp händerna i luften. "Då gör vi som du säger. Men först om två dagar." Jag såg protesten komma och tystade henne med ett höjt finger. "Under den tiden vilar du och fortsätter ta din medicin. Förstått?"

Hon nickade.

"Då är vi överens. Om ett par dagar sätter vi igång igen. Under den tiden kan jag kolla vem som äger husen i kvarteren. Kanske bostadsuppgifter också om sådana finns."

"De finns hos notarien", konstaterade Marguerite. "Offentliga uppgifter, borde inte vara svårt att få tag i dem. Dessutom har Lucia bekanta där."

Självfallet, tänkte jag och vände mig till Lucia: "Var finns den, byrån menar jag?"

"Några kvarter härifrån", svarade Lucia. "Men arkivet finns i utkanten av staden. Vi kan ta bussen dit. Jag gömde din bil i ett garage och vi kanske inte ska använda den på en tid. Ifall den är efterspanad, menar jag." Jag tittade förvånat på Lucia. Hon verkade tänka på allt.

Vi gjorde som Lucia sade. Hon och jag tog bussen till notariearkivet och tillsammans ögnade vi igenom listorna över husen i de aktuella kvarteren. Vi hittade inget suspekt. Jag blev besviken. Ingen anknytning till ranchen och ägaren till huset med de svarta fönsterluckorna.

Vi återvände modfällda till Lucias bostad. Marguerite hade lagat hönssoppa åt oss, men jag var för trött att äta. Jag lade mig på sängen i gästrummet och somnade genast.

18

Jag och Marguerite återvände till de gamla kvarteren två dagar senare. Solen var på väg ner. Lucia hade begärt kopior av lagfarterna och vid en närmare genomsyn fick en uppgift mig att spärra upp ögonen. Varför hade jag inte sett det förut? En viss Diego Ramirez ägde huset tre kvarter från huset med de svarta fönsterluckorna. Ramirez var född i Madrid år 1965 och således en äkta spanjor. Inget suspekt i det. Men hans nuvarande adress var Sanaa i Yemen.

Det var en uppgift som fick mina varningsklockor att ringa högt och ljudligt. Senor Ramirez var inte efterspanad av polisen. En anständig och rättskaffens man. Men vad gjorde en ärbar och rättrådig man i Yemen, terroristernas hemland? Han hade hyrt ut sitt hus åt två familjer från Dubai. Inte suspekt det heller, men slog man ihop de två uppgifterna fick man något som inte riktigt stämde och som var värt att syna närmare i sömmarna.

När mörkret föll var vi inne på Ramirez' bakgård och betraktade huset. En primitiv rädsla fyllde mig och jag hade bara en enda tanke i huvudet. I mörkret finns döden. Plötsligt lystes de gamla träden på gården upp av ljus som tändes på nedersta våningen. Vi drog oss längre in i skuggan av den omsorgsfullt klippta häcken. Inte för att vi behövde det. Vi var båda klädda helt i svart, men reaktionen var instinktiv. Lika gammal som människans historia.

Geigermätaren hade gett ett starkt utslag då vi hade passerat huset ute på gatan. En polisbil hade åkt förbi just då och jag var rädd att vi skulle bli arresterade igen, men konstaplarna i bilen tog ingen notis om oss. De var bara ute på en rutinkörning.

Ljuset tändes också på en balkong ovanför oss och vi stod alldeles stilla. Insekter svärmade runt oss men det besvärade inte mig. Jag var så nervös att jag darrade. Geigermätaren var fortfarande på och nålen svängde ständigt till max. Att strålningen var dödligt farlig tänkte jag inte på. Jodtabletterna, som Lucia hade skaffat, skyddade oss. Jag var mera orolig för de uppenbart farliga personerna i huset. Men Marguerite visade ett iskallt lugn, som fick mig att inse att det inte fanns någon återvändo. Vi måste in i huset.

En skugga dök upp på balkongen. Den vita ljusstrålen från en ficklampa svepte över bakgården. Ljuset räckte dock inte ända dit där vi stod. Personen på balkongen var uppenbarligen inte nöjd med resultatet, eftersom skuggan drog sig tillbaka och uppenbarade sig en stund senare på gården.

Mannen tassade över den våta gräsmattan och spanade fram och tillbaka. Något hade fångat hans uppmärksamhet. Han gick fram till en av bilarna som hade parkerats på gården. Vi följde mannens rörelser, skrämda av att han kanske hade upptäckt oss. Men han var bara intresserad av bilen. Han lyste in i den och sparkade på däcken. Sedan svor han och lät ficklampans ljus svepa snabbt över häcken.

Ljusstrålen kom inte i närheten av oss och jag drog en djup suck av lättnad. Mannen riktade strålen till slut mot motorhuven på bilen. Ljusreflexerna, som återkastades från den blanka lacken, blev allt intensivare ju närmare bilen han kom.

Jag visste inte varför mannen var så intresserad av bilen, men han verkade ha nerverna på helspänn. Han snurrade runt och svor, då en vildkatt rusade förbi. Han kastade en sten efter katten, men katten klarade sig oskadd och hoppade över muren till följande gård. Mannen kastade en sista blick omkring sig och gick tillbaka in huset. Katten dök upp igen på muren och jamade harmset.

Vi väntade en halvtimme. Lampan på balkongen slocknade. Så också ljuset på bakgården. Tjugo minuter senare släcktes ljuset i lägenheten. Vi väntade ytterligare en kvart, varefter vi smög längs skuggorna mot bakdörren. Lucia hade gett oss specialredskap och visat hur man dyrkar upp lås. Hur hon fått den kunskapen vågade ingen av oss fråga. Förmodligen ingick det i den vanliga fortbildningen i hennes kvarter. Låssmeder var dyra.

När vi var nästan framme vid dörren hörde vi en bil på gatan. Den svängde in i portgången och körde in på gården. Vi smet snabbt tillbaka till vårt gömställe. Jag svor över vår otur. Jag var trött på myggorna vid det här laget.

En gestalt steg ur bilen. Silhuetten syntes skarpt mot ljuset ute på gatan. När mannen svängde sig åt vårt håll, flämtade jag högt. Det var kommissarie Garcia. Marguerite hade också känt igen skepnaden, eftersom hon ryckte mig i ärmen.

"Där ser du", viskade hon, "jag sa ju att polisen är inblandad."

"Han kanske bor här", försökte jag förklara, men förstod att det var lögn genast orden kom ur min mun. Marguerite struntade i att svara. Jag förstod henne. Sannolikheten för att en poliskommissarie bodde i dessa trakter var lika med noll.

Kommissarien parkerade mitt på gården och i vägen för de andra bilarna. Uppenbarligen tänkte han inte stanna länge. Men huset var bekant, eftersom kommissarien öppnade dörren med egen nyckel. Allt pekade på att Garcia var i maskopi med invånarna i huset. Vilken tur att vi inte hade avslöjat något väsentligt för honom, tänkte jag.

Vi smög oss in i huset femton minuter senare. Lucias specialnycklar öppnade låset på fem sekunder. Ljuset hade igen tänts på övre våningen. Men det verkade som om nedre våningen var tom. Åtminstone låg den i mörker.

Jag vågade inte använda ficklampan utan förlitade mig på ljuset som strömmade in via fönstren från gatan. Vi letade efter en bomb. Med min utbildning hade jag ett litet hum om hur den kunde se ut och hur man kunde oskadliggöra den. Jag trodde jag visste lika mycket om kärnvapen som terroristerna. Vi hade troligen studerat samma nätsidor.

162

Märkligt att så många terrorister hade ingenjörsut-
bildning. De var som skapta för en kamp med vapen,
dödliga maskiner och bomber. Var det utbildningen
som lockade dem till terrorismen eller var det tvärtom?
Jag hoppades det var det senare.

Geigermätaren skulle leda oss rätt. Lucia hade skaf-
fat en modernare apparat än den vi hade haft tidigare.
Den nya hade större hörlurar, som dämpade de höga
knäppningarna. Dessutom hade den en känsligare och
mera exakt mätare.

Vi hörde höga röster från övre våningen. Någon var
mycket osams. Kommissarie Garcias röst verkade vara
den mest upphetsade. Trots att jag använde hörlurarna
hörde jag Garcia skrika tydligt och klart. Han ville att
de skulle snabba på, vad det än var de planerade. Jag
hade en bra gissning. De andra ville däremot följa den
tidtabell de stakat ut. Fortsätt och gräla, tänkte jag, det
ger oss mera tid att undersöka huset i lugn och ro.

Mätarnålen hoppade till det röda fältet, då vi när-
made oss ett rum på bottenvåningen. Marguerite öpp-
nade dörren på glänt. Rummet var tomt. Det var ett
stort rum med bjälkar i taket. Det såg ut som ett styrel-
serum på ett anrikt företag med det undantaget att ek-
bordet och skinnstolarna saknades. Golvet bestod av
grova träplankor, som var fint slipade och förmodligen
polerade med vax, eftersom de blänkte i det svaga ske-
net från gatlamporna.

Jag steg in och mätarnålen reagerade igen vilt. Jag
skakade fram en extra jodtablett, svalde den och gav
också en åt Marguerite. Geigermätarens utslag blev
särskilt häftiga, då vi närmade oss ett skåp längst bak i
det tomma rummet.

Skåpet var låst men hänglåset svagt. Jag söndrade det med ett enkelt slag med hammaren Marguerite gav mig. Inne i skåpet fanns ett föremål, som var övertäckt med en filt. Jag drog bort filten och blev inte överraskad. Det var en avlång, rund och bombliknande sak, cirka en halv meter lång och tjugofem centimeter bred.

Jag försökte dra ut bomben ur skåpet, men den stod på en ställning, som var fastskruvad i golvet. Själva bomben var för tung att lyfta. Vi försökte men bomben rörde sig inte ur fläcken. Vilken otur, jag fick desarmera bomben i det trånga utrymmet.

Besviken öppnade jag verktygsväskan, också den en gåva från Lucia. Jag skänkte henne en tacksam tanke. En platta täckte övre delen av bomben. Bara fyra skruvar mellan mig och bombens kärna.

Bombkonstruktionen var ingen överraskning. Den var som jag gissat en så kallad Little Boy. En smutsig bomb. Den var enkel att tillverka. Terrorister med begränsad teknik och begränsade resurser skulle designa just en sådan här.

Bomben fick sin energi från fission, även om denna var byggd i betydligt mindre skala än de som vanligen cirkulerar i arméers arsenaler. Men tekniken var densamma. Tyngre atomkärnor skulle klyvas och detta möjliggjordes genom att tillräckligt mycket klyvbart material koncentrerades till en liten volym, vilket ledde till att en kärnreaktion uppkom.

Själva sprängningen åstadkoms med hjälp av kemiska sprängämnen. För att uppnå en önskad sprängverkan var konstruktionen av detonatorerna av central betydelse. Detonatorerna var således mitt främsta mål. Om jag avlägsnade dem, skulle bomben var obrukbar. Nya detonatorer fixade man inte i hastigheten. Det hade antagligen tagit terroristerna flera år att få så mycket uran eller plutonium som behövdes för detonatorerna.

Men först måste jag hitta dem och lösgöra dem. Och framför allt ville jag att de inte sprängdes i förtid. Min panna blev svettig av denna senkomna insikt. Den energi som då skulle frigöras, skulle smälta oss, huset och förmodligen hela staden på några sekunder.

Kanske en häftigare explosion än den så kallade Tsar Bomba, som var den kraftigaste kärnvapenladdning som någonsin konstruerats och som Sovjetunionen testade på sextiotalet. Den hade en sprängverkan, som motsvarade femtio miljoner ton trotyl, cirka fyratusen gånger kraftigare än den atombomb som fälldes över Hiroshima.

Jag blev ännu svettigare av den tanken. Hettan och tryckvågen var de omedelbara följdverkningarna om den sprängdes, men de var inte det farligaste. Det radioaktiva nedfallet var mycket farligare och dödade långt flera människor på långt håll från detonationsplatsen. Och det nedfallet skulle pågå under många år efter explosionen. Stora områden skulle bli obeboeliga för hundratals ja kanske tusentals år.

Och den elektromagnetiska pulsen, som i allmänhet hade en mycket lång räckvidd, skulle lätt slå ut all elektronik i hela Europa. En hel världsdel utan elektricitet för en lång tid framöver. Våra moderna samhällen skulle kollapsa fullständigt, om denna lilla bomb sprängdes. Jag hade plötsligt ett större ansvar än jag anade.

Den runda detonatorn fungerade med elektricitet och i allmänhet med en noggrannhet av några nanosekunder, om jag hade förstått de tekniska beskrivningarna på nätet rätt. Den initiala stötvågen åstadkoms, då en tunn tråd förångades via den elektriska urladdningen.

Tre trådar var kopplade från batteriet till sprängladdningen. En gul, en röd och en svart. De skulle jag kapa av. Men först måste jag koppla loss detonatorn från bomben. Det var det riskabla skedet. I vilken ordning man sedan kapade trådarna hade ingen betydelse. Jag hade sett dussintals filmer, där trådarnas färger spelade så stor roll och skapade filmens spänningsmoment. Men det skedde bara i filmer, inte i verkliga livet. Här gällde det att så försiktigt som möjligt få ut detonatorn intakt.

Skruvarna var lösa. Detonatorn hade kopplats alldeles nyligen och den som hade monterat bomben hade gjort ett slarvigt jobb. Han hade förmodligen tänkt att det var tillräckligt att detonatorn satt någorlunda på plats. Den skulle inte stötas och blötas utan transporteras med största försiktighet till sitt mål. Eller så skulle den inte transporteras någonstans alls. Vi befann oss kanske på den tänkta detonationsplatsen.

Det var en skrämmande tanke och jag skruvade frenetiskt. En minut senare var skruvarna borta och jag lyfte försiktigt detonatorn ur sitt hölje. Jag var noga med att inte låta den slå mot någondera kanten. Jag var rädd för eventuella gnistor, som kunde utlösa sprängladdningen.

Marguerite betraktade varje skede med intensiv uppmärksamhet. Emellanåt kastade hon en ängslig blick mot dörren. Vi hörde fortfarande rösterna från övre våningen. Vem det än var som grälade med kommissarien, gav de inte upp så lätt. Snart får ni något annat att diskutera, då ni upptäcker vad jag gjort med er smutsiga bomb, tänkte jag med ett belåtet flin.

Jag fick loss detonatorn och kapade trådarna, en efter en. Ingen klocka som startade nedräkningen. Bara en oskadliggjord bomb, som inte längre skulle skada någon. Jag stoppade detonatorn i fickan och drog Marguerite med mig till dörren. Vi hade gjort det vi kommit för att göra.

Då vi kom ut i korridoren smällde dörren igen med en hård duns. Ett vinddrag hade slitit dörrhandtaget ur mitt grepp. En dörr längre bort i korridoren öppnades. Det var den gamla kvinnan från huset med de svarta fönsterluckorna. Vad gjorde hon här?

Hon hade något svart i handen. En mobiltelefon? Nej den svarta saken hade en lång pipa. En pistol. Vapnet höjdes och riktades mot oss. Den skarpa knallen överraskade mig fullständigt. Marguerite kastades mot mig och överraskad av den plötsliga tyngden föll jag till golvet med Marguerite över mig.

Jag höll fast i henne och tog emot den hårdaste stöten. Händerna blev klibbiga av något vått. Jag skrek, då jag såg blodet på mina händer. Marguerite hade träffats av en kula. Hon låg plötsligt livlös i min famn. Nej, nej, det får inte sluta så här. Inte nu. NEJ!

Jag tittade hjälplöst på den gamla kvinnan. Hon närmade sig med höjt vapen. Jag famlade efter ett vapen. Hittade bara skruvmejseln i min hand och tog ett fast grepp om den. Jag väntade tills kvinnan var alldeles nära.

Av någon orsak sköt hon inte. Hon böjde sig över Marguerite och synade skottsåret. Ett brett leende klöv hennes rynkiga ansikte. Jag fick ett vansinnesutbrott, svängde skruvmejseln uppåt i en vid båge och träffade

167

den gamla kvinnan rakt i hjärtat. Hon klämde av ett skott mot taket, då hon föll. Sedan blev det tyst.

Jag vred pistolen ur hennes hand och väntade på att de andra terroristerna skulle dyka upp. Det tog inte lång stund. Av de tunga stegen i trappan förstod jag att de var tre eller fyra stycken. Jag svängde mig på magen, tog skydd bakom den gamla kvinnans kropp och siktade. Då jag såg männens kroppshyddor sköt jag. De var bara två. Fyra snabba skott rakt i bröstet på terroristerna, som båda var unga, kanske i trettioårsåldern. De föll intrasslade i varandra. Deras vapen flög i en vid båge genom luften och slog nästan samtidigt med en smäll mot golvet en bit från mig.

Jag hörde ytterligare steg från övre våningen. De stannade i trappan och vände sedan tillbaka. Personen letade efter en annan väg, kanske en annan utgång. Jag steg upp och rusade uppför trappan. Jag ville ha tag i dem alla. Avrätta dem, en efter en. Jag var heligt förbannad över den lömska attacken. Marguerite hade offrat sitt liv. Tanken var så bitter att jag nästan spydde.

Men nu hade jag bara ett mål för ögonen. Att utplåna terroristerna från jordens yta. Jag var inte rädd längre. Skräcken hade försvunnit lika plötsligt som den dykt upp. Jag hade känt panikens hetta och känt kallsvetten bryta fram. Men nu stod allt kristallklart för mig och jag fylldes av en helig vrede.

Jag hoppade över de döda männen i ett enda språng. Jag kastade en kort blick på dem. De hade dött omedelbart. Jag var en bättre skytt än jag trodde. Jag fortsatte. Stegen hördes nu plötsligt från nedre våningen. Jag vände och rusade ner igen och ut. Ute på gården såg jag en skepnad krypa ut genom ett öppet fönster.

Gestalten sprang mot en av bilarna. Ryggen av den flyende syntes som en silhuett mot ljuset som strömmade in från gatan. Gestalten famlade med bilens lås. Jag höjde pistolen och ropade: "Stopp."

Gestalten svängde sig om. Det var kommissarie Garcia. Han hade inte sin pistol i handen. Han öppnade munnen och sträckte ut händerna. "Vi kan disk..."

"Vale", sa jag lugnt, höjde pistolen och sköt honom i pannan. Garcia slängdes mot bilen och gled ner på asfalten som en trasig docka. Hans ben knyckte till, därefter låg han stilla. Jag andades tungt och sänkte pistolen. Jag lyssnade efter andra ljud, men det var absolut stilla. Det fanns inga andra kvar.

Med tunga steg gick jag in i huset och hämtade Marguerite. Hon hade förmodligen dött omedelbart av kulan. Jag bar ut henne på gården och ställde henne i en halvsittande ställning mot Garcias bil. Nycklarna fanns i kommissariens ficka. Jag drog Garcias kropp till vårt gömställe bakom cypresshäcken. Sedan återvände jag till bilen och placerade Marguerite liggande i baksätet. Med tårar i ögonen undrade jag vad jag skulle göra med henne.

Hur skulle jag förklara det här? Men ingen i de närliggande husen hade larmats av oväsendet och kallat på polis. Och jag tänkte inte heller göra det. Inte med en död kommissarie på gården. Jag tänkte inte svara på ändlösa frågor och slutligen bli anklagad för något jag inte hade gjort.

Men faktum var att jag hade gjort det. Jag hade dödat den gamla kvinnan, de två männen i trappan och kommissarien. Och jag hade också fått Marguerite dödad. Min klumpighet var orsaken till att detta hade skett och fått så katastrofala följder.

Fylld av skuldkänslor körde jag till Lucia. Hon såg genast att jag var tillfälligt borta ur spelet och tog hand om allt. Svepte in Marguerites kropp i ett vitt lakan och lät henne ligga kvar i bilen. Några telefonsamtal och sedan var alla bekymmer över. För stunden. Jag insåg att det skulle bli svårt att komma över det som skett. Marguerite. Stackars Marguerite. Det var inte hennes fel. Det var mitt fel. Mitt fel. Jag dunkade mig med knytnäven mot pannan ideligen den natten. Att få sömn var förstås otänkbart.

Lucia såg mitt tillstånd och gav mig en tablett som fick mig att slappna av. Hon klarade inte av att se mig så upprörd. Jag förstod inte hur Lucia tog Marguerites död så behärskat. Sedan insåg jag att hon hade sett döden på nära håll många gånger tidigare. För henne var det ett ofrånkomligt faktum. Människor levde och människor dog. Framför allt människor i hennes närhet. Det var en naturlig del av vardagen.

Men för mig var det nytt och Marguerites död borde inte ha fått ske. Hennes underbara ögon fördunklade av förtvivlan men också bestämda och fokuserade. Hennes mörka och böljande hår. I den stunden insåg jag att jag verkligen älskade henne mer än något annat. Jag älskade henne med all min övertygelse, även om jag ingenting hade sagt. Nu var det för sent. Men förmodligen hade hon förstått det ändå.

Lucia fick mig att tänka klart. Detonatorn måste slängas. På ett tryggt ställe. Jag promenerade till det närbelägna industriområdet och placerade detonatorn i en sopcontainer. Men först torkade jag bort alla finger-

170

avtryck från detonatorn och plastpåsen den var insvept i. Sedan ringde jag en lokaltidning anonymt och berättade om bomben, detonatorn, ranchen, huset och de döda terroristerna. Likaså gav jag uppgifter om den döde kommissarien Garcia och var hans kropp fanns. Likaså avslöjade jag den möjliga inblandningen från polisens sida.

Nyheten fanns på lokaltidningens första sida följande dag. Polisen i Valencia var redan föremål för en intern utredning och flera poliser var tillfälligt avsatta från tjänst. Polisen i Barcelona ledde undersökningen. Förtroendet för samtliga myndigheter i Valencia hade fått sig en allvarlig törn.

Kvarteren i området genomsöktes noga. Inga flera bomber hittades och inga misstänkta terrorister heller. Och den anonyme angivaren förblev oidentifierad. Några dagar senare avslöjades att bomben hade byggts av delar tillverkade på en rysk arméanläggning på Krimhalvön. Delarna hade under en transport via Syrien kommit i terroristernas händer. Hur det exakt hade gått till och varför ingen hade rapporterat stölden tidigare undersöktes ingående. Huvuden skulle rulla och den internationella uppståndelsen var stor.

En av Garcias konstaplar kom på besök. Det var en överraskning att han hittade Lucias adress så snabbt. Jag gömde mig i gästrummet och Lucia öppnade dörren bara på glänt. Jag lyssnade till det myndiga tonfallet. Konstapeln försökte tränga sig förbi Lucia, men hon gav inte upp så lätt. "Senor Allen" ropade konstapeln. Jag ryckte till då jag hörde mitt namn. Hur hade de hittat mig så snabbt?

Men Lucia hade ingen respekt för myndigheter. Hon slog helt sonika fast dörren framför den förbluf-

171

fade konstapeln och ropade: "Terrorista." Konstapeln bankade hårt på dörren. Men för varje slag blev Lucias rop allt gällare. "Terrorista. Terrorista."

Grannarna kom ut i trappgången för att se vad som stod på. Lucia öppnade dörren igen och gallskrek att polisen i Valencia var misstänkt för samröre med terrorister. Grannarna nickade och närmade sig hotfullt den nu skakade konstapeln. "Jag öppnar dörren bara för polisen från Barcelona", fräste hon åt konstapeln och skuffade honom i riktning mot trappan.

En gammal tandlös gumma kom ut med en kvast i handen och slog konstapeln i ryggen så att dammet yrde. Hon fick hjälp av en annan granne, som slängde en tom blomkruka. Snart var kalabaliken i full gång. Konstapeln retirerade och tog resten av trapporna i jättekliv och förvann i all hast ut på gatan. Sedan hörde jag en rivstart från polisbilen och det var det sista vi såg av polisen. Vad än Garcias underhuggare hade haft i åtanke hade planen slagit slint.

Undersökningarna fortsatte och förtroendet för myndigheterna i staden var lika med noll. Borgmästaren tvingades avgå och polismästaren likaså. Garcias avdelning upphörde och alla som hade jobbat under honom avskedades. Däribland konstapeln som hade besökt Lucias lägenhet. Någon hade tagit en bild på honom, då han förtvivlat försökte väja för Lucias grannar på bakgården. Fotografen hade fångat paniken och stressen i ett avslöjande ögonblick. Skulden låg tung över konstapelns ansikte.

Dagstidningarna och nyhetsbyråerna pressade på. Men myndigheterna hade stora problem med svaren. Det stod i alla fall klart att en hel världsdel hade varit nära massiv förstörelse. Förenta Nationernas general-

172

sekreterare krävde bättre samarbete mellan länderna. Vi måste undanröja dylika hot i ett tidigt skede, sa han. Detsamma upprepade de andra statsledarna. Samma visa igen, tänkte jag. Politikerna ville visa att de hade situationen under kontroll. Vilket de förstås inte hade. Skådespelet för massorna fortsatte. Mitt intresse för nyhetsförmedlingen falnade snabbt. Det enda jag tänkte på var att Marguerite var borta. Efter långa stunder av kontemplation insåg jag att det fanns ingenting jag kunde göra i Valencia. Åk hem och försök glömma det som skett, uppmanade jag mig själv.

Följande dag sa jag således adjö åt Lucia och lovade hålla kontakt. Lucia skulle ta hand om begravningen. Dödsorsaken var sjukdom följd av en plötslig hjärtattack. Lucia hade fått tag i en läkare, som redan dagen efter min ankomst hade tagit hand om Marguerites kvarlevor och skrivit ut den falska dödsattesten. Lucia skulle också meddela Marguerites man. Andra nära släktingar hade Marguerite inte.

Lucia lovade också ge mig besked om begravningen, men jag insåg att jag inte hade mod att delta i den. Men det sa jag inte högt utan lät Lucia förbli i tron att jag tänkte återvända till Valencia. Eller kanske visste hon redan sanningen. Hon gav mig nämligen en lång och bestämd avskedskram. En sådan som man ger om man inte kommer att ses igen.

Jag kommer inte ihåg någonting av resan från Valencia. Hjärnan var ett enda virrvarr och vägen och landskapet flög förbi i ett töcken. Jag visste inte ens hur jag hittade hem. Men hem kom jag och sedan sov jag länge.

De följande dagarna fortsatte livet som i ett töcken. Jag sörjde Marguerite oerhört och det var tungt att fortsätta de dagliga bestyren. Jag fann inte glädje i någonting. Det var nästan så jag saknade närkontakterna. De hade lyst med sin frånvaro under vårt besök i Valencia.

19

Jag behövde dock inte vänta länge. Några nätter efter återresan från Valencia återkom närkontakterna. Jag var måttligt intresserad men saknade egen vilja som vanligt. Varelsen jag träffade denna gång var mycket otålig. Och missnöjd.

"Ni misslyckades", fick jag veta.

"Nej", svarade jag. "Vi hittade bomben och desarmerade den. Men det var rena slumpen. Allt ni berättar är bara lögner. Ni bryr er inte om oss. Och inte om er själva heller. Eller världen, eller universum för den delen. Allt är bara fantasier. Inbillningar. Låt mig vara. Jag vill inte se er mera. Jag behöver inte de här kontakterna. Jag kan leva gott utan dem." Jag tillade hätskt: "Ni skickade oss på ett självmordsuppdrag. Marguerite dog! Ni kan dra åt helvete." Min röst skälvde av indignation. Åtminstone trodde jag att den gjorde det.

"NEJ!" Det plötsliga rytandet fick mina öron att nästan sprängas. Det var så överväldigande och fick mig att svaja där jag stod.

"LIVET bryr sig inte om individuella liv", fick jag veta. "Men LIVET bryr sig om livet självt, om dess överlevnad, om dess fortsättning." Varelsen ropade igen: "Existensen! Livets energi måste fortsätta. Och vi bär alla ett ansvar för att så skall ske. Du är inte viktig som enskild individ, men i ett större sammanhang är du väsentlig. Ni människor har inte ännu förstått vilken betydelse ni har. Och därmed tar ni inte heller ansvar för livets fortbestånd."

Om jag hade trott att varelsen skulle visa medkänsla misstog jag mig. Det var för övrigt första gången jag träffade en kvinnlig varelse, insåg jag. Jag vet inte varifrån den insikten kom, men det fanns något definitivt feminint över varelsen. Varför varelserna plötsligt skickade en kvinna förstod jag inte. Kanske trodde de att en kvinna skulle få mig att äntligen förstå deras budskap. Men hon tittade lika blankt på mig som andra varelser. Stora sneda ögon, svarta som synden. Utan medkänsla. Jag hörde igen att hon upprepade: "Ta ansvar."

Jag försökte tränga undan det jag hörde. Vad kunde jag göra? Jag hade gjort mitt. Oskadliggjort en smutsig bomb och Marguerite hade betalat priset för det. Ett alltför högt pris. "Rena självmordet", upprepade jag.

"Ni har en fri vilja", konstaterade den kvinnliga varelsen. "Det har inte vi. Ni beslöt själva att göra det ni gjorde."

Jag bet ihop tänderna i ren ilska. Men jag insåg att hon hade rätt. Vi hade oss själva att skylla. Vi hade tagit varelsernas varning på allvar. Ändå vägrade jag lyssna. Det fanns inget mera jag kunde göra. Jag sa det inte högt, men varelsen läste mina tankar som vanligt. Hon pekade på mig med ett långt, krokigt finger.

"Du måste ta varningen på allvar", sa hon. "Det här är inget skämt. Om ni detonerar kärnvapen denna gång sprider katastrofen sig som en löpeld runt jordklotet. Alla våra världar drabbas. Du måste stoppa sammanbrottet, innan det är för sent."

175

"Ja, jag förstår det", svarade jag med allvarsam min men hade ändå svårt att hålla mig för skratt. Detta var så absurt. Hade jag passerat vansinnets gräns för länge sedan? I modern tid var det vanligt att tro att främmande varelser var intresserade av att få reda på hur långt vi hade utvecklat vår kärnkraftsteknik. Jag kom ihåg att de vanligaste orsakerna till närkontakterna var varningar om att vi kommer att starta ett kärnvapenkrig och utplåna hela vår civilisation.

Förklaringen denna gång var också densamma, eftersom den kvinnliga varelsen konstaterade: "Tidigare civilisationer har gått under inte bara på denna utan också på andra planeter på grund av missbruket av teknik."

Det som jag hörde var inte så konstigt när allt kom omkring. En civilisation liknande vår utvecklades på kanske tiotusen år med den vetenskapliga och teknologiska standard som gör det möjligt för den att förstöra sig själv. Kanske hade vi kommit till den kritiska vändpunkten nu. Kanske är det så att varje tekniskt avancerad civilisation med tiden utvecklar metoder att använda kärnenergi. Och därmed också möjligheten att förstöra allt i ett enda ögonblick.

Därför lät varelsens ord så övertygande. Men jag och Marguerite hade sökt och inte funnit något annat än en bomb och några detonatorer. Likaså myndigheterna. För min del var hotet undanröjt. Och jag brydde mig inte mera om någonting. Om mänskligheten ville gå åt fanders fick den göra det. Utan min hjälp.

Men varelsen var inte nöjd. Hon hade följt min tankegång och fortsatte envetet: "Samhällen med högre kunskap än er har gått under och de invånarna gjorde inget för att undvika katastrofen. Du har fortfarande en chans att ändra på utgången."

Jag kunde plötsligt röra mig. Hade varelsernas makt över mig äntligen försvunnit? Jag sträckte upp händerna och ropade: "Låt mig vara. Jag har gjort vad ni begärde och om ni nu tycker att det inte räcker till är det er sak, inte min. Så låt mig vara. Sluta." Jag täckte demonstrativt för öronen med händerna. Vansinnet var över för mig, definitivt och slutligt.

Den kvinnliga varelsen tittade på mig med sorgsna ögon. Hon insåg det lönlösa i att övertyga mig och tystnade. Kontakten bröts.

Nästa gång jag kom till sans låg jag i min säng och morgonsolen kastade sina första strålar på min säng. Fåglarna kvittrade ute och världen fortsatte sin gång. Allt var normalt, som det skulle vara. Men jag njöt inte längre av det rofyllda sceneriet. Jag svängde mig bort från ljuset och somnade om. Men före det svor jag ett heligt löfte att mitt liv skulle fortsätta utan inblandning av spöken från andra sidan.

Jag ville bara glömma.

Glömma allt.

20

Men det var inte så enkelt. Redan följande vecka var det dags igen. Denna närkontakt var av ovanligt slag. Nu mötte jag en varelse, som var lång och hade spår av lätta fjun i sin panna, nästan som hårstrån. Jag kunde se fjunen i häpnadsväckande detalj och kunde föreställa mig att de skulle kännas mjukt som ett spädbarns duniga huvud vid beröringen. Näsan var inte särskilt framträdande, men nästippen verkade känslig, nästan som en fingerspets.

I samma stund rörde varelsen på näsan och avslöjade att detta var ett organ känsligt både för beröring och för lukt. Munnen var knappast mera än en linje. Den var inte rak som hos de andra varelserna utan påminde snarare om den mångtydiga och komplexa linje en människomun får med tilltagande ålder. Min slutsats var att denna varelse var mycket gammal.

En plötslig insikt kom över mig och växte allt starkare. Detta var varelsernas ledare. Den som bestämde över allt. Borta var de meterlånga grå och de ännu mindre varelserna, som under tidigare närkontakter alltid befunnit sig i närheten och utfört sina bestämda uppgifter.

Ledaren kom ensam. Han närmade sig långsamt. Han verkade snarare flyta eller glida framåt än gå. Varelsen var klädd i en rock av genomskinligt material, som lyste och glittrade. Jag stirrade fascinerat. Det strålande ljuset som omgav varelsen var så märkligt och något jag inte hade sett förut.

Kragen var hög och en mantel låg slängd över axeln. Manteln var fastsatt med ett stort, runt smycke av guld. Åtminstone såg det ut som guld, eftersom det glimmade så. Varelsens hy var vit och ögonen var inte svarta som väntat utan azurblå. Fingrarna var långa och naglarna, som såg ut som små klor, hade slipats till en mindre storlek än de förmodligen varit från början.

Jag vet inte varför jag fick en sådan association. Det fanns inget mänskligt över varelsen, ändå bedömde jag honom med mänskliga attribut. Kanske var det ett sätt för min hjärna att tolka något som låg utanför min fattningsförmåga.

178

Jag överväldigades som så många gånger tidigare av en skräck så våldsam och fysisk att den verkade mera biologisk än psykologisk. Blod och ben och muskler var mycket mer förfärade än hjärnan. Det började som stick i huden och håret verkade drabbat av statisk elektricitet. Känslan av varelsens närvaro var så ofattbart stark och så egendomlig.

I nästa ögonblick genomfors jag av en annan och ännu starkare känsla. Ett överväldigande lugn kom över mig. Jag fick nämligen plötsligt bekräftelse på något som jag tänkt förut. Varelsen var rädd för mig. Nej snarare vettskrämd. Det var sättet på vilket han närmade sig som avslöjade honom. Han var kanske programmerad att närma sig, men alla hans rörelser visade att han gjorde det ytterst motvilligt.

Tanken på att dessa intellektuellt eller tekniskt avancerade besökare dolde sitt vetande för oss kändes hotande och fruktansvärt irriterande. Det antydde att vi inte var värda deras kunskap och att vi var fångar på vår egen planet. Jorden var varelsernas hemvist. Vi var främlingarna, inte varelserna. Tanken fyllde mig med vämjelse, eftersom den var så obehaglig. Jag skulle föredra ett öde universum framför ett som reagerade så föraktfullt eller med olympisk likgiltighet för oss.

Jag tänkte på alla små figurer som tidigare förföljt mig, kidnappat mig och utfört i mitt tycke meningslösa tester. Känslan av hårt arbete som ständigt pågick i de laboratorieliknande rummen. Jag tänkte på alla de konstiga lukter jag mött. Äckliga lukter som svavel, ruttna ägg och unkna jordhålor men också ljuva dofter av blommor och parfym.

Ledaren rörde sig graciöst, inte stelt och insektslikt som de andra varelserna. Men denne var också oerhört

179

noga att alltid ha mig under kontroll. Jag trodde att jag förstod skälet till varelsernas egendomliga sätt att umgås med mig. Källan till försiktigheten var inte förakt utan rädsla, välgrundad rädsla. Varelserna var inte rädda för människans grymhet eller lystnad utan för hennes förmåga till självständigt handlande.

Jag hade betraktat varelserna på nära håll länge nog och det mest påfallande hos flertalet av dem var att de tycktes röra sig till en koreografi som om varje handling hos varje enskild individ var bestämd någon annanstans och sedan överförd till individen.

Jag återkom till tanken att varelserna tillhörde ett slags insektssamhälle. Kanske hörde de till samma hjärna med miljoner kroppar, en genialisk varelse men utan snabbheten hos de självständiga, snabbtänkta människorna. Om de tänkte långsamt kunde kanske en kvicktänkt och självstyrd mänsklig varelse som jag utgöra ett beaktansvärt hot. Jag utgjorde en ny avancerad form av intelligens som dessa i grunden primitiva varelser inte förstod.

Av den högresta varelsens rörelser och nästan omärkliga ansiktsryckningar insåg jag han var rädd för de möjligheter min helhet som individ gav mig. Jag var oberäknelig och därför också farlig. Insikten gjorde mig inte upprymd utan snarare nedstämd. Om jag hade rätt, betydde det att det var föga troligt att det någonsin skulle växa fram en öppen kontakt mellan varelserna och människorna.

Varelserna kände respekt och rädsla för oss och vi likadant för dem. Även en vänligt inställd människa som jag utgjorde ett hot, eftersom en plötslig handling, som varelserna inte förutsett, bokstavligt talat skulle kunna få dem att tappa bort den kidnappade mitt inne i

180

en av deras egna farkoster. Kanske kunde denne då fritt utforska varelsernas värld, lära känna deras hemligheter och eventuellt förstöra den.

Jag insåg att jag var på en gång underlägsen men också överlägsen varelserna och hela deras släkte. Innan varelsen hann säga något, frågade jag därför rakt på sak: "Varför är ni så rädda för oss?"

Varelsen blev så överraskad av min direkta fråga att han ryggade tillbaka. Han förde sin hand över pannan som om han funderade. Sedan svarade han utan att röra på munnen: "Ni är rovdjur. Ni förstör allt som kommer i er väg och utgör därför en fara. Men det vet du redan. Därför är ni aldrig fria i vår närvaro. Vi vet inte vad ni är kapabla till. Ni är oberäkneliga och några av de konstigaste varelser vi stött på. De som skapade er måste ha gjort några grova misstag."

"Vem har skapat oss", frågade jag rakt på sak. Jag hoppades denna ledare var på mottagligt humör och äntligen skulle ge mig svar jag kunde förstå.

"Ett stjärnfolk långt härifrån", löd svaret. "För länge sedan. Enligt er tideräkning för mer än tvåhundratusen år sedan. Enligt vår mycket kortare. Hos oss spelar tiden inte så stor roll. Allt klassificeras som ögonblick eller evigheter."

Varför talar de inte helt enkelt, undrade jag. De har en form av röst. Jag har hört den, andra har hört den och de kan också tala inne i våra huvuden. Varför detta märkliga sätt att kommunicera? Jag hade lust att sträcka ut min hand och röra vid de små fjunen på varelsens panna. Men det lyckas förstås inte, tänkte jag.

I efterhand är jag glad att jag inte sträckte mig efter dem. Mitt intryck var att varelsen var mera än rädd för mig. Han var vansinnigt rädd. Det var en märklig

181

känsla. Samtidigt önskar jag att jag fått röra vid fjunen. Skulle jag ha kunnat det eller skulle mina fingrar bara ha rört vid luft? Jag kommer förmodligen alltid att undra.

"Det finns alltså en mening med att vi har skapats?"

"Visst, liksom med allt som existerar. Det finns många planeter, som upprätthåller liv. Ni är en del i denna allomfattande kedja." Varelsen tystnade och höll en lång paus. "Men jag är rädd för att er länk är på väg att brista, trots våra försök att hjälpa er."

"Menar du alla dessa plågsamma experiment ni har utfört på våra kroppar", sa jag bittert.

"Vår uppgift var att förbereda er för nästa steg i utvecklingen", svarade varelsen lugnt. "Alla intelligenta livsformer måste gå igenom vissa förutbestämda och planerade steg. Du kan kanske förstå det bäst om jag förklarar att det är fråga om olika nivåer. Att ta steg från det rent fysiska till en mera mental nivå."

Jag kokade av vrede inombords. Men i stället log jag mitt vänligaste leende och frågade: "Varför gör ni inte det här rent öppet?"

"Öppet?" Ett drag av ironiskt leende avspeglades i varelsens ansikte. "Det skulle aldrig fungera. I nuläget skulle er fria vilja vara ett oöverstigligt hinder. Senare kanske men inte nu."

"Men utvecklingen har lett till vår existens. Kanske hade det här stjärnfolket du nämner något med det att göra i början. Kanske inte. Jag vet inte vad jag ska tro. Vi har många gener gemensamma med det djurliv som finns omkring oss. Men vi finns här med alla de fel och brister vi har. Precis som ni. Ni är inte heller felfria. Kom inte påstå något annat. Det sårar min intelligens."

"Du har delvis rätt, men existens innebär också ansvar och det har ni aldrig förstått. Ni skövlar och beter er som om ni äger allt. Och därmed tror ni att ni också kan förstöra allt. Utan konsekvenser. Ni är fientligt inställda till allt levande."

"Är ni inte likadana", frågade jag. "Jag tycker vi påminner om varandra. Vilken är kopplingen mellan oss och er? Är ni våra själar?"

Varelsen visade en uppenbar motvilja när jag ställde den sista frågan. "Vi har ingenting med er att göra. Vi är varandras motsatser. Men det finns en koppling mellan oss. Ni existerar tack vare oss och vår existens är beroende av er. Det är inte vårt eget val. I universum hänger allt samman. En reaktion ger alltid upphov till en motreaktion. Hela universum är uppbyggt av dessa sanningar. Det finns motpoler ja, men universum förutsätter också samverkan mellan dem. Vi är beroende av varandra. Och vi kan inte se åt det andra hållet, när någon utgör en fara för existensen. Ni borde tänka på samma sätt. Men det gör ni inte. På det sättet är vi annorlunda. Vi förstår inte er. Och ni förstår inte oss."

Jag blev mållös av den hätska kritiken. Människosläktet visade inte alltid sina goda sidor. Men det visade inte varelserna heller. Jag hade hört så många vittnesmål som bekräftade detta. Hur kunde varelsen uttrycka sig så nedlåtande om oss människor, när de själva betedde sig som de gjorde. Kidnappade oskyldiga offer, plågade, undersökte och skrämde dem till vanvettets brant. Var inte det ett typiskt exempel på rovdjursinstinkt? Varelserna befann sig måhända på ett högre plan, men var rovdjur lika förbannat.

Samtidigt insåg jag att det fanns sanning i varelsens påståenden. Vi saknade varelsernas kunskap. Om vi kunde förstå sambanden och existensens verkliga orsak, det vill säga livets grundläggande faktorer, skulle vi bete oss annorlunda än nu. Ta ansvar.

Varelsen tittade nu på mig med stark medkänsla. Det var nästan så att jag i det ögonblicket hyste varma känslor för honom. Jag tänkte att jag skulle kunna älska denna varelse, nästan lika mycket som mitt eget liv, se upp till honom som en far. Samtidigt hade jag samma känsla av skräck och lockelse som jag skulle kunna uppleva gentemot någon som jag såg stirra på mig ur djupet av mitt undermedvetna.

Det som gjorde det omöjligt att hysa varma känslor för varelserna var dock den obeveklighet de visade oss. Drag av den blicken fanns också i denna ledares ögon. Jag påmindes igen om att jag inte hade någon personlig frihet i varelsernas närvaro. Jag kunde igen inte röra mig som jag ville. Och det var förutsättningen för ett fruktbart samarbete. Utan frihet, ingen samverkan. I annat fall var vi bara viljelösa försöksdjur.

Men samtidigt insåg jag, att det att jag gav upp min självbestämmanderätt till någon annan gjorde att jag kände inte bara rädsla utan också en djup frid. Att överlämna sig själv så här var lite som att dö. Inga bekymmer, inget personligt ansvar. En fullständig harmoni.

Jag kände närvaron av denna varelse inne i mig, vilket var lika oroande som egendomligt stimulerande. Kanske sökte sig de främmande varelserna till det innersta i själen och trängde in i dess verklighet, eftersom de var alltför erfarna för att intressera sig för annat än vårt djupaste väsen. Så skedde också nu.

Varelsernas ögon beskrevs ofta som "gränslösa", "oförglömliga" och "avslöjande". Kan någonting annat

184

än en del av en själv känna en så väl? När denna gamla varelse betraktade mig, insåg jag att det var fullt möjligt. Insikten om att något faktiskt hände inom mig – att varelsen tydligen kunde se rakt in i mig – fyllde mig med den djupaste längtan jag någonsin känt. Men också den djupaste misstänksamhet.

Jag visste inte vad jag skulle säga. Det enda jag kom att tänka på just då var bomben. Och Marguerite. "Vi förstörde bomben. Och min vän gav sitt liv för det. Har ni ingen respekt för det? Känslor?"

Jag hoppades min kommentar skulle äntligen väcka varelsen till liv. Visa en gnutta reaktion för en gång skull!

"Det finns flera", konstaterade varelsen bara kort. Ingen reaktion.

Jag blev förbannad och ropade: "Varför sa ni inte det tidigare, era jävlar. Polisen letade ju igenom alla kvarter. De hittade ingenting. Varför leker ni detta dödliga spel med oss? Ni säger än det ena än det andra. Sådant som inte har någon betydelse. Det finns ingen konsekvens i ert handlande. Ni bryr er egentligen inte om oss. Allt är bara fantasier. Varför gör ni så? Skrämmer oss." Jag var så arg att min röst darrade mot slutet. Men det hjälpte inte.

Varelsen tittade bara förvånat på mig. "Skrämmer? Jag förstår inte."

Det var uppenbart att han inte förstod varför jag var så upprörd. Vad de än gjorde var de antingen programmerade att göra som de gjorde eller så var det en medfödd instinkt, som inte kunde förklaras med mänskliga termer. Varelserna hade ingen uppfattning om vidden av deras beteende.

"Det finns flera", upprepade varelsen igen.

"Var", skrek jag fylld av förtvivlan och uppdämd ilska. "Säg var, för guds skull! Berätta! Nu!" Jag hade lust att skaka varelsen tills hans tänder föll ut. Men jag tror inte han hade tänder och dessutom kunde jag fortfarande inte röra mig.

Varelsen tog ett steg tillbaka som om han visste vad jag tänkte. Sedan drog han ett långt andetag som utmynnade i något som lät som en suck. "Det är för sent. Vi kan inte göra något mera. Ni kan inte längre hjälpa oss, även om ni ville. Vilket jag nu betvivlar. Vi är så olika. Era tvivel ligger som ett sjok framför era ögon. Ni kommer aldrig att se klart. Så vi drar oss tillbaka och försöker reparera skadorna av det som kommer att ske. Det blir inte lätt. Kanske är det inte ens möjligt. Jag vet inte. Varje länk i livskedjan är så viktig. Kanske startar ni något som inte går att reparera eller ersätta."

"Men hjälp oss då att stoppa katastrofen", ropade jag envist.

Varelsen skakade lätt på huvudet. "Vi försökte men det går inte. Ni har så många destruktiva krafter. Vi får helt enkelt leva med konsekvenserna."

Jag blev förbannad. Känslan övergick i ett beslut att avsluta kontakten med omedelbar verkan. Insikten om att vi inte hade något att lära av varandra var så intensiv att den fick mig att darra. Vi skulle aldrig förstå varandra. Det var ett sådant sorgligt nederlag att jag mådde fysiskt illa. Samtidigt kände jag mig maktlös och förnedrad i varelsens sällskap. Och den känslan var starkare än allt annat.

"Vi instämmer", konstaterade varelsen som om han hade läst mina tankar. "Vi har inget att lära av varandra. Vi kommer aldrig att förstå er och ni kommer aldrig att förstå oss. Kontakterna avslutas här."

"Tack", sa jag cyniskt. "Jag har aldrig sökt kontakt. Det har ni gjort. Låt oss skiljas och aldrig träffas mera. Jag tror existensen mår bättre av det."

Jag väntade att varelsens ögon skulle blixtra till av vrede, men det gjorde de inte. Ögonen visade samma uttyckslösa reaktion som tidigare. De var nu mörka, tomma och känslokalla. Men djupt inne såg jag en glimt av besvikelse. Nej, kanske något ännu allvarligare. En glimt av frustration och bakslag. Och djup, djup sorg.

En sorts domedagsstämning kom över mig. Men jag stötte undan känslan. Detta var inte verkligt. Därför lyssnade jag knappt när varelsen konstaterade igen med tung röst: "Det är för sent." Sedan tillade han: "Er evolution slutar här. Och ert öde att bli ett högre väsen kommer inte att förverkligas."

Med dessa häpnadsväckande ord bröts kontakten lika plötsligt som den etablerats. De sista orden hängde kvar som vassa taggar. Ett högre väsen? Ja, det var enligt många trosuppfattningar människans yttersta mål. Att förena sig med gud. Men jag var frustrerad över att kontakterna alltid skedde på varelsernas villkor. Jag ville som alla människor veta orsaken till det som skedde. Och varelsernas påståenden gav sällan svar. De väckte bara nya frågor.

Att bli av med kontakterna kändes därför inte som en förlust. Tvärtom. Men långt senare undrade jag om jag gjorde rätt val i det ögonblicket. Om jag hade ansträngt mig mera, hade jag då räddat människoliv? Ovissheten får mig att gnissla tänder i sömnen. De nätter jag överhuvudtaget får sömn.

Jag vägrade erkänna det då, men senare förstod jag att varelserna påverkade mig mera än jag visste. Missade jag chansen att bli en bättre människa? Hade jag människosläktets framtid i min hand och lät den gå förlorad? Historien får utvisa hur det blir. Om jag förstod den ålderstigna varelsen rätt, skulle jag snart få veta svaret.

21

Evolutionens mening, mål och syfte är att skapa följande utvecklingsskede av det föregående. Då vi betraktar oss själva ser vi hur långt evolutionen har nått nu och kan skönja följande lilla steg. Men bakom det ser vi ingenting. Vi kan spekulera om hur det kommer att se ut, men sist och slutligen vet vi ingenting om vart evolutionen är på väg och vart den kommer att föra oss.

Vi vet inte ens hur livet började. Och varför. Trots all vår intelligens vet vi ingenting om varför vi och allt annat existerar. Vi kan bara påverka vår samtid och hoppas att vi fattar de rätta besluten också för kommande generationer. Mera än så kan vi inte kräva. Men i slutskedet insåg jag att jag borde ha krävt mera av mig själv. Mycket mera.

Jag visste att jag var deprimerad. För att komma ifrån de dystra tankarna bokade jag en resa till Casablanca. Ända sedan jag som liten såg filmen med Humphrey Bogart och Ingrid Bergman hade jag haft staden som ett av mina resmål. Nu skulle resan äntligen bli av.

Senast i bussen på väg till Gibraltar borde jag ha känt mig euforisk men det gjorde jag inte. Det enda jag tänkte på var: "Se Casablanca och sedan dö". Jag visste inte varifrån den dystra tanken kom, men jag antog att den var en naturlig följd av min tråkiga och glädjelösa tillvaro efter den ödesdigra resan till Valencia.

Den livliga verksamheten i Gibraltars hamn väckte min uppmärksamhet för ett ögonblick. Människor rusade fram och tillbaka, alla hade bråttom att ställa sig i rätt kö, hålla reda på sina barn och kolla sina biljetter och pass för kanske hundrade gången.

Vi åkte ombord på den stora klumpiga färjan som skulle korsa Gibraltar sund. Jag tittade bakåt på bergen som majestätiskt reste sig längs den oländiga och storslagna spanska kusten. Kombinationen av de höga bergen och det djupblå Medelhavet skulle ha varit hänförande om jag hade varit på bättre humör. Jag undrade om jag någonsin skulle uppskatta något vackert mera i mitt liv.

Jag skakade på huvudet som för att bli av med tanken och beundrade utsikten över havet i några sekunder. Sedan vände jag mig bort och glömde den. Men det var inte enbart Valencia som spökade i mina tankar. Det fanns också något annat i bakgrunden. En osäker, trevande känsla. Något olycksbådande.

Höghastighetsfärjan var på väg till Tanger i Marocko. Därifrån skulle vi fortsätta med buss genom öknen till Casablanca. Färjan krängde och svajade våldsamt. Men när den väl fick upp farten och kom ut på öppet vatten gick resan jämnare. Bildäcket var fyllt av allehanda fordon, bilar, bussar, långtradare, mopeder och cyklar. Resten av färjan var fullpackad av passagerare som åt och drack, spelade arkadspel i en spelhall och handlade godis, cigaretter och billiga parfymer i den lilla butiken.

Jag låtsades beundra den storslagna utsikten. Ville vara normal utan att lyckas. Sundet var inte ens femton kilometer brett och resan skulle inte ta mer än ungefär fyrtio minuter. Jag ägnade tiden åt att omväxlande blicka ut över Medelhavets vatten och studera de övriga passagerarna. Ibland gled min blick långt till höger för att se hur långt horisonten sträckte sig över Atlantens vågor.

Jag beundrade fiskmåsarnas kamp mot vindvirvlarna över det gropiga vattnet. Vågorna slog mot färjans skrov och skummet stänkte över fönstren i fören. Jag följde fiskmåsarnas färd och fick plötsligt en längtan att förena mig med dem. Varför inte? Varför inte sluta mig i vågornas evigt gungande famn? Ett enda hopp över relingen. Det var allt som behövdes.

Visst.

Det var så självklart.

Jag sträckte ut mina armar.

Beredde mig på att möta evigheten.

Nu.

Gör det nu.

Något höll mig tillbaka. Jag vaknade ur mitt förvirrade tillstånd av rop och skrik runt omkring mig. Jag antog att jag var orsaken till de upprörda rösterna. Medpassagerarna ville hindra mig från att hoppa. Men så var inte fallet. De pekade alla mot den spanska kusten. Och då såg jag detsamma som de andra. Ett gigantiskt svampmoln i nordost. Det växte och växte. Det mest skrämmande var att inget ljud hördes. Vi såg bara molnet som blev större och större tills det täckte halva himlen. Sedan kom en häftig vind blandad med sand. Därefter hördes att tungt muller. Det lät som åskan men var betydligt mera hotfullt.

Däcket tömdes snabbt på folk. Genom fönstren i restaurangen såg vi ett nytt svampmoln.

Sedan ett till.

Och ytterligare ett till.

Kanske Sevilla eller Granada.

Och det första var kanske Madrid.

Men inte Valencia.

Mullret fortsatte och färjan vibrerade smått. Men ingen panik utbröt. Det var så konstigt. Alla betedde sig lugnt och sansat. Precis som om passagerarna hade väntat på något dylikt. Kanske till och med längtat efter den? Den ultimata katastrofen.

Genast vi kom till Tangers hamn körde busschauffören snabbt av färjan som om vi hade djävulen i hälarna. Vi kom ut ur staden oskadda. Men jag insåg att det var lönlöst. Sandstormen omringade oss och jag trodde inte att busschauffören såg mycket av vägen. Men vi lyckades köra ända till Casablanca. Där blev det stopp. Vägarna var täckta av sand och det kryllade av fordon överallt.

Vi fick lämna bussen några kvarter från vårt hotell och vandrade den sista sträckan. Jag tog bara mitt handbagage. Den andra väskan var för tung att bära. Det radioaktiva nedfallet hade troligen nått oss vid det här laget och slutet närmade sig redan. Men det berättade jag inte åt mina medresenärer. I stället höll jag modet uppe genom att berätta för den som ville lyssna om filmen Casablanca och skillnaderna mellan fiktion och fakta. Casablanca var ju en helt annorlunda stad under andra världskriget än den som målas upp i filmen. Ändå kunde man fortfarande förnimma något av filmens mystik i stadens trånga gränder och livliga nattbarer.

Konstigt nog väntade våra hotellrum på oss och vi fick en fin middag. Vår sista middag, tänkte jag, men jag sa det inte högt. I stället höjde jag mitt vinglas och skålade för framtiden. Mina medresenärer följde exemplet även om många nog vid det här laget visste vad som väntade. Vi var alla passagerare på Titanic, ett sjunkande skepp, och väntade på det oundvikliga.

Våra mobiltelefoner och datorer hade slutat fungera redan under bussresan från Tanger. Men en av resenärerna hade en bärbar radio med sig och av nyhetssändningarna förstod vi att vi skulle hålla oss inomhus. Och spara förnödenheter, eftersom ingen visste när transporterna igen fungerade.

Det radioaktiva nedfallet var på väg söderut med de nordliga vindarna. Vi hade rest åt fel håll, tänkte jag. Men nu var det för sent. Varningen realiserades framför mina ögon. Det hemska scenariot upprepades med förkrossande exakthet. Uppe på hotellets tak såg vi nya svampmoln i söder. Även om vägarna hade varit farbara slutade resan alltså här.

Desparata människor tog det sista flyget ut. Men motorerna klarade inte av sanden utan planet kraschlandade nära hotellet. De fick åtminstone ett snabbt slut, tänkte jag. En välsignelse jämfört med vad som väntade oss? Jag undrade när pöbeln skulle komma och plundra. Hotellpersonalen hade låst alla dörrar och fönster, men dessa var svaga och skulle inte motstå ett häftigt anfall. Tanken på detta skrämde mig mest. Att i en tid av undergång se det sämsta i människan avslöjas på ett så rått och våldsamt sätt.

Människan borde gå under med värdighet. Men hon hade rätt att försvara sig. "Har ni vapen", frågade jag hovmästaren under middagen. Han såg först ut som om han inte förstod min fråga, men sedan vidgades hans ögon. Han sänkte huvudet och skakade sakta på huvudet. Det var som om han hade svårt att acceptera det fasansfulla och ofrånkomliga som var på väg.

"Det är okej", sa jag lugnande. "De kommer nog inte att behövas. Alla stannar ändå inomhus." Jag log övertygande, men jag såg tvivlet i hans ögon. Hovmästaren gick utan ett ord och sedan såg jag honom inte mera under måltiden.

Efter middagen samlades vi i lobbyn, personal och gäster, totalt uppemot trettio personer. Uppgifter fördelades, några skulle granska matförrådet och andra skulle tappa vatten i stora kärl för kommande bruk. Jag tog hand om att förstärka fönsterluckorna tillsammans med tre andra. Vi söndrade stolarna i matsalen och spikade upp spillrorna mot fönsterluckorna. Resultatet var inte strålande men nöjaktigt. Den svagaste länken var dörren. Vi drog två tunga köpautomater framför dörren och samlade möbler runt om. Det skulle ge oss en viss tidsfrist.

Jag deltog i allt detta arbete, även om jag insåg att det var förgäves. Vissa medresenärer visade redan tydliga symptom på radioaktiv förgiftning. De gick omkring med håliga ögon och släpande steg. Några av dem kräktes på toaletten, när de trodde att ingen hörde dem. Strålsjukans första symptom var alltid illamående eller kräkningar. Cellförstörelsen hade börjat. Diarré skulle följa och immunförsvaret slås ut. Kroppens egna bakterier skulle snabbt bli fiender och slå ut kroppsfunktionerna en efter en.

Jag hoppas några av oss överlever. Om så inte sker hoppas jag att livet överlever och börjar från början. Det har det gjort förut. Mänsklighetens öde är kopplat till universums öde. Allt har en början och ett slut, så också vårt universum och allt som är kopplat till det. Men allt liv är skapat med viljan att överleva. Den instinkten är den mest fundamentala i alla levande varelser.

Under jordens alla år har livet också blivit mera mångsidigt. Det kan utveckla intelligent liv igen. Och då förhoppningsvis med bättre resultat. Det intelligenta livet måste ha en mening, måste kunna lämna en bättre värld efter sig. Det måste finnas ett högre syfte. Det bara måste. Annars finns det ingen mening med någonting. Då behövs ingen existens överhuvudtaget. Varför allt detta skapande av liv om det bara slutar i kaos? Varför all denna intelligens om den inte används till något konstruktivt?

Samtidigt visste jag att mäktiga civilisationer hade byggts upp tidigare. Människor hade frodats i dem i hundratals, ibland i tusentals år, varefter de hade övergivit de imponerande stenmonumenten för ett enklare liv i små gräshyddor. Varför människan betedde sig så övergick mitt förstånd. Var människans lust att förstöra så stor? Varför inte bygga vidare på det fina som en gång fanns? Varför föll den kunskapen i glömska så plötsligt?

Jag insåg också, att alla människor inte tänkte som jag. Vissa hade ett annat mål, att totalt utplåna allt som människan byggde upp. En återgång till barbari, ett medeltida mörker och den starkes rätt att bestämma. Men för att barbari ska fungera måste det också finnas undersåtar. Om det inte finns någon att bestämma över, överlever inte heller de starka. De förtvinar och försvinner från jordens yta precis som alla andra.

Tidigt följande morgon vaknade jag av rop och skrik i korridoren. Fyra inkräktare hade tagit sig in via fönstret på andra våningen och hade lyckats döda två av mina resekamrater innan de blev nedkämpade. Jag möttes av en skrämmande syn. Sex döda kroppar låg på golvet i groteska ställningar. Vi slösade ingen tid på att sörja utan spikade fast fönstret igen. Jag var förvånad över hur känslokallt vi reagerade. Ingen sa ett ord. Vi handlade rent instinktivt.

Vi drog de döda kropparna till det stora frysrummet i källaren. Strömmen var avstängd och frysen skulle inte hållas kall länge till. Men det var det bästa förvaringsutrymme vi kom att tänka på just då. Vad vi skulle göra när kropparna började lukta fick vi lösa senare.

Ett problem i taget.

Jag skrattade tyst för mig själv. Jag gjorde redan upp planer för framtiden. Precis som om det skulle finnas en värld efter denna. Hur som helst skulle jag inte uppleva den. Jag mådde redan dåligt och mina håliga och blodsprängda ögon lovade inte gott. För mig fanns bara nuet. Inget senare.

Men den insikten behöll jag för mig själv. Jag gick upp på mitt rum. Sandstormen hade bedarrat. Från balkongen såg jag ut över det vackra landskapet. Dagen grydde, lika vacker som föregående. Ljuset var gyllene och matt och skuggorna långa. Lika vacker som den första dagen någonsin, kanske. Då jorden var tom och ingen visste hur jordens framtid skulle bli.

Nu visste vi hur evolutionen hade förändrat jorden och fyllt den med liv. Skulle utvecklingen ta slut här? Det kändes som ett hån mot alla de miljarder av år, som livet hade kämpat för att få fotfäste på denna en-

195

samma planet i ytterkanten av universum. Det hade krävt stora uppoffringar längs vägen.

Det intelligenta livet hade uppstått mycket sent och hade existerat endast några sekunder i jämförelse med allt annat liv på jorden. Och nu var vi människor på väg att förstöra allt på ännu kortare tid. Om det inte hade varit så förskräckligt hade det varit rentav komiskt. All denna långa och hårda kamp för ingenting.

Det slog mig att den första människan på jorden måste ha tänkt likadant. Hon undrade också vart hon var på väg. Vi som vandrar i ödemarken i jakt på våra bättre jag. En enda lång vandring utan resultat?

Varför?

Med denna fråga kretsande i mitt huvud svalde jag en jodtablett. Den smakade beskt och jag skakade av obehag. Så börjar den då, tänkte jag.

Undergången.

Armageddon.

Den som det har skrivits och talats så mycket om. Mest i fiktiv form förstås, ingen vill lyssna på domedagsprofeter. Sådana som Nostradamus. För vi vill inte att de ska ha rätt. Vi tror att människan är intelligentare än så. Men med fakta på hand är vi inte. Vi är dummare än vi tror.

Jag ryste vid tanken. Hade varelserna rätt? Vi förstör inte bara vår värld utan också de parallella världarna?

Att det ska sluta så känns bittert.

Vi hade ett arv att förvalta.

Har vi snart ingenting?

Ingenting?

Hundrafemtio år senare

En ensam kackerlacka kämpade sig fram i den lösa ökensanden på jakt efter vatten. Nästan allt liv hade utplånats på några decennier. Bara stenmonumenten stod kvar. Den starkaste radioaktiva strålningen hade avtagit och de små resterna av jordens liv hade vaknat. Kackerlackan skulle snart hitta andra artfränder. Också de minsta fiskarna i havet hade överlevt ödeläggelsen. Vissa av dem skulle småningom ta sig upp på land på jakt efter föda. Gälarna skulle utvecklas till lungor och en början till de nya däggdjuren skulle ses.

Det liv som hade överlevt katastrofen skulle stegvis ge upphov till nya arter. Evolutionen skulle ske snabbare denna gång. Den hade ju repeterat tillräckligt många gånger. Nu skulle det intelligenta livet uppstå efter bara några miljoner år och inte efter miljarder år som tidigare.

De parallella världarna hade klarat sig intakta. Deras uppgift var att som tidigare skuffa evolutionen framåt i rätta ögonblick. Man ville inte överge planeten ännu. Den var unik på många sätt. Det mest anmärkningsvärda var att den var väldigt bra på att frambringa liv men ännu bättre på att utplåna det. Existensen var här något förunderligt, oerhört, mirakulöst.

Evolutionen skulle som tidigare få en skjuts i och med att rovdjuren skulle blanda sig i leken. Då skulle det bli viktigt att skydda sig eller att fly. Trycket på rörlighet, skydd, storlek och intelligens skulle maximeras.

När de största rovdjuren dog ut, skulle de mindre däggdjuren inta de nischer som plötsligt blev lediga.

197

Detta skulle som tidigare vara evolutionens egentliga genombrott.

Denna gång funderade man om man skulle välja en annan art för intelligensen. Kanske en sävligare och mindre våldsbenägen art? Men man kom ändå fram till att primaterna var de bäst lämpade. Hos dem fanns den starka önskan om förändring. Och i detta låg grunden till all utveckling.

Att denna önskan gick hand i hand med våldsbenägenheten kunde man inte göra så mycket åt. Man skulle igen försöka stävja de våldsamma tendenserna. Hålla dem på en minimal nivå så att de destruktiva krafterna inte fick övertaget. Det var ingen lätt uppgift men efter flera misslyckade försök trodde man sig nu ha hittat den rätta metoden.

Primaterna skulle som tidigare få bli en mycket stor och framgångsrik grupp i de tropiska skogarna. De hade de karaktäristiska greppande händerna med tummar, vilket var en förutsättning för verktygsanvändning. Primaterna var dessutom trots sin våldsbenägenhet sociala djur med mera avancerade kommunikationssätt än andra djurarter. Dessutom var de lätta att bearbeta.

De hade också en effektiv plattform för att nedärva kunskap inte bara från generation till generation utan också mellan individer. Därför skulle det utan tvekan visa sig att primaterna var överlägsna alla andra djurarter också denna gång. Hjärnan skulle växa i takt med ökad kommunikation. Eldens tämjande skulle sedan utvinna mera näring ur kött, vilket var en nödvändighet för hjärnans tillväxt.

De nya människorna skulle bli föremål för nästa evolutionstest. Människans förmåga att växa intellektuellt skulle avgöra framgång eller nederlag. Skulle komplexiteten överstiga människans förmåga att behärska förändringarna denna gång?

Varelserna insåg att den nya människan måste i ett tidigt skede ledas in på en medvetandenivå av djupsinnighet och nära kontakt med det undermedvetna. Det skulle ge möjlighet till en mental utveckling av rikare slag än tidigare. Målsättningen var att ge den nya människan ett universellt sätt att tänka genast från början.

Därefter återstod att se vad det intelligenta livet skulle åstadkomma denna gång. Om resultatet var lika beklämmande som tidigare fick man försöka igen. Planeten skulle existera länge ännu. Inte oändligt länge men tillräckligt länge för ytterligare evolutionsförsök.

Varelsernas uppgift var igen att styra utvecklingen åt rätt håll. Emellanåt med varsamma metoder och ibland med tvång. Kanske mera tvång denna gång. De subtila metoderna hade prövats med dåligt resultat.

En metod skulle de definitivt överge.

Varningen.

Reflexioner

Denna roman är självfallet ett fiktivt verk men ändå finns här drag av verklighet. Är det som utspelar sig i romanen möjligt eller inte? De som råkat ut för närkontakter av det slag som skildras i boken är själva övertygade om att upplevelserna är mycket verkliga. I vissa fall finns det till och med fysiska bevis att något ovanligt har skett. Men ingen vet riktigt hur bevisen eller upplevelserna ska tolkas.

Kidnappningarna i romanen bygger på verkliga skildringar. Huruvida utomjordiska varelser existerar eller inte får vetenskapsmän och andra sakkunniga debattera. De som vågar.

Är vi en del av universum eller är universum och allt det som finns där en del av oss? Enligt vissa kvantumfysiker är det livet som skapar universum och inte tvärtom. I denna världsuppfattning dör kroppar, men medvetandet fortsätter att existera.

Så är vi alla bara medvetanden som flyter omkring i kosmos tillsammans med andra medvetanden och som ibland av någon orsak och för en kort tid manifesterar oss i en fysisk, kroppslig form?

Kontakter med ickemänskliga varelser är inget nytt. De har en historia som är lika gammal som människans existens på denna planet. Mötena är lika förbryllande i modern tid som i tidernas begynnelse. Och det som då händer är förfärande för den som råkar ut för dem. Det är både verkligt och overkligt på samma gång.

Existerar ufon, utomjordingar och spöken eller finns de bara i människans fantasi? Eller är det så att vissa människor förmår manifestera dylika syner på något oförklarligt sätt? Och om synerna och upplevel-

200

serna är verkliga, varifrån kommer varelserna? Vad vill de? Är de här för att hjälpa oss eller vill de utrota oss? Ska vi ta deras påståenden eller varningar på allvar?

De som berättar om dylika närkontakter utses för mycket hån. Men att håna dessa personer är lika elakt som att skratta åt våldtäktsoffer. Samhället vänder sig ifrån dem. Professionella sanningssägare blir plötsligt och högljutt fördomsfulla på grund av sin egen dolda rädsla. Och det är detta det handlar om. Rädsla. En djup och tärande rädsla, som förhindrar all förnuftig diskussion i frågan.

Möten med det övernaturliga har dock rapporterats av så många seriösa och pålitliga personer att man inte bara kan avfärda rapporterna som hallucinationer, masshysteri eller en mystisk längtan i den mänskliga hjärnan. Det finns miljontals rapporter av dylika möten och även om så mycket som nittio procent av observationerna kan förklaras bero på naturliga fenomen återstår ändå tio procent som inte kan förklaras med vetenskapliga metoder.

Även om myndigheterna i gemen tar avstånd från övernaturliga farkoster planerar ändå försvarsmakter världen över inför eventualiteten att en sådan dyker upp. En CIA-källa erkände en gång att "en sak är säker, vi är under observation från yttre rymden." En fransk försvarsminister påpekade en gång att "de oförklarliga observationerna av runda och ibland ovala, lysande objekt i vårt luftrum är störande. De rör sig ovanligt snabbt och försvinner för att igen i nästa ögonblick dyka upp på ett annat ställe. Vi förstår dem inte och ingen har lyckats förklara vad det är fråga om."

Den amerikanska fysikern Stanton Friedman kommer dock med lugnande besked. "Vi ska inte oroa oss i onödan. Besökarna vill oss inget ont och de har inga planer på att överta jorden. De är bara oroliga för vad vi tänker göra, då vi blir färdiga att besöka deras världar. Vilket kommer att kunna ske om kanske hundra år."

Ett är säkert. De flesta forskare anser att universum kryllar av liv. Livet är oändligt, inte bara i detta Universum, utan också i andra Universa. Tillsammans bildar de Kosmos. Allting som man kan tänka sig existerar förmodligen någonstans i Kosmos. Kanske allt från planeter där dinosaurer fortfarande lever till mänskliga civilisationer som är så högt utvecklade att de inte längre behöver en kropp eller en planet och bara rör sig genom rymden som en grupp medvetanden. Förhoppningsvis kommer dessa hemligheter - om de existerar - att avslöjas för oss i framtiden.

Det påstås att livet på jorden har startat från början flera gånger. Olika katastrofer har utplånat allt eller nästan allt liv kanske fem eller sex gånger under jordens fyra miljarder år långa existens. Den senaste stora utplåningen skedde för cirka 65 miljoner år sedan, då bland annat dinosaurierna dog ut. Denna gigantiska katastrof gav i sin tur utrymme åt de mindre däggdjuren och i den förlängningen människan att sprida ut sig till jordens alla hörn.

Hur ödesdigra katastroferna än har varit, har livet igen byggts vidare på de spillror katastroferna har lämnat efter sig. Även om enskilda arter har dött ut har livet som sådant varit segt. Strävan att överleva och att föra evolutionen vidare är mycket starkare än naturens och det intellektuella livets destruktiva krafter.

Om platserna i boken: byn Formentera utanför Valencia finns inte. Och inte ranchen eller de nämnda stadskvarteren heller. Det finns inga rester av Francos hemliga polis i det moderna Spanien. Karaktärerna är självfallet också uppdiktade. Jag i romanen är inte undertecknad. Jag skulle aldrig ha modet att drabba samman med terrorister. Inte på något sätt. Jag är inte bra på konfrontationer. Och fanatiker av alla slag undviker jag.

Men hotet från terrorismen är verkligt och verkar få allt allvarligare former. Då måste också vanliga civila ta sitt ansvar för att avvärja hotet. Hålla ögonen öppna helt enkelt. Utan den civila insatsen kan inte myndigheterna handskas med det sårbara läge våra samhällen hamnat i. Och det finns farliga vapen som är på villovägar. Genast de finner sin väg till orätta händer får vi se upp. Om det inte redan är för sent.

Vi lever med andra ord i en värld av osäkerhet. Få vet vilken färg säkerhetsnivån har för tillfället. Orange, röd eller någon annan varningsfärg? Men en sak är säker: färgen kommer inte att bli grön igen under vår livstid. Terrorismen har tyvärr kommit för att stanna.

Hur bekämpar man något som planterats så starkt i ett medvetande att det vill utrota allt som människan byggt upp under tusentals år? Vissa menar att det är omöjligt. Konsekvenserna för vanliga människor är i vilket fall som helst att den individuella friheten minskar och kontrollen ökar. Och då gäller det att se till att pålitliga personer handskas ansvarsfullt med övervakningsinstrumenten.

Om vi inte lyckas med det...

Ja, ett sådant samhälle vill nog ingen av oss ha.

Sedan andra världskrigets slut leker vi fortfarande med kärnkraften antingen i form av instabila kärnreaktorer eller i form av farliga kärnstridsspetsar. Vi vet vilka destruktiva krafter som ligger bakom dessa men accepterar ändå risken att dessa krafter kan användas på fel sätt antingen medvetet eller på grund av ett mänskligt misstag. Med Albert Einsteins ord: "Atomens kraft har ändrat allting, förutom vårt sätt att tänka, och därför är vi på väg mot en katastrof utan motstycke."

Men som boken visar kan det ändå finnas hopp i allt detta. Livet har förmodligen ett syfte, som inte ens människan kan utplåna.

Det var meningen att denna bok skulle heta "Det okända". Men så som romanen utformade sig lät sedan "Varningen" som den rätta och slutliga titeln.

Stig Granfors
Alicante
Spanien